AF237363

Das Cover wurde von

meiner Tochter Tanja illustriert.

Liebe Tanja, vielen Dank dafür.

Für Hanne

Schatten der Erinnerung

Nichts ist mehr so, wie es mal war

Dieser Roman ist Fiktion.

Jede Ähnlichkeit mit real existierenden

Personen oder Einrichtungen wäre zufällig.

Als sie den Weg zur Fußgängerzone nahm, kam Lena fast wie fremdgeführt an dem Schaufenster des kleinen Antiquitätengeschäftes vorbei.

Ihr Interesse galt diesem Spiegel, dessen Entdecken sie fast aus den Schuhen gezogen hätte. Er weckte in ihr emotionale Erinnerungen, die ihr einen schnelleren Puls und heftiges Atmen bereiteten. Es war der Spiegel, an dem sie so oft als Kind vorbeigehüpft war, und in dem sie sich viele Male angesehen hatte, und das Kleid mit beiden Händen am Saum haltend zum Knicks leicht angehoben hatte.

Es war **der** Spiegel, denn eine kleine, kaum zu entdeckende Scharte am rechten Rand machte die Identifizierung sicher.

Naja, ihre Freundin würde sich wieder den Mund zerreißen, ob dieser neuen, eigenartigen Flucht in Sachwerte, der sich Lena anscheinend verschreiben hatte.

Erst kürzlich, als sie bei einem nicht geplanten Flohmarktbesuch 240,- € für eine angeblich aus dem Art déco stammende kleine, weibliche und sehr hübsche Statue gezahlt hatte. Ihre Freundin Franziska war außer sich.

– Wie kann man nur so viel Geld für Gelump ausgeben- war nur die gelindeste Kritik an dem letzten Einkauf.

Doch jetzt war es anders. Kein Liebhaberkauf, kein Interesse an Wohnungsverschönerung. Jetzt sollte der Spiegel in erster Linie als Erinnerungsbesitz und erst zweitrangig die neueste Errungenschaft für Lenas Wohnung sein.

Denn, mit ihm kamen all diese Erinnerungen in ihr hoch. Es spielten sich gelebte Szenen vor ihren Augen ab, bekannte Geräusche drangen an ihr Ohr, ließen Lenas Herz höherschlagen. Namen verbanden sich mit Gefühlen, wollten augenblicklich ständig wiederholt genannt, ja gerufen werden, drangen unbedingt herüber ins Jetzt.

Am kommenden Montag sollte der Antiquitätenhändler wieder geöffnet haben und sofort nach Dienstschluss wollte sie dort sein. Unbedingt, sie ermahnte sich nichts dazwischen kommen zu lassen.

Das verregnete Wochenende und die ungeklärte Gewissheit auf den Erhalt des Spiegels, ließen Lenas Stimmung voll in den Keller rutschen. Kein Hund wollte an diesen Tagen vor die Tür gehen

8

und sie schloss sich diesen tierischen Empfindungen an. Sie verbarrikadierte sich körperlich und seelisch in ihrer Wohnung und versuchte alles Belastende von sich abzustreifen, was ihr kaum gelang.

In der Nacht zum Montag wollte ihr der Schlaf nicht die gewohnte Ruhe bringen. Ständig weckte sie eine massive Unrast und sie träumte von kuriosen Banalitäten, wo finde ich das für den Spiegel passende Befestigungsmaterial, oder, mein Gott wo habe ich denn die Wasserwage hingelegt.

Seit sie den Spiegel entdeckt hatte, weckten sie hauptsächlich Bilder aus der Vergangenheit, und es wollten sich mehr und mehr unschöne Begebenheiten verschwommen in den Vordergrund rücken, so als meldeten sie sich zu Wort, um endlich aufgearbeitet zu werden.

All diese Gedanken lähmten ihre Nachtruhe und trieben sie in eine quälende und nicht enden wollende Wachheit.

Ziemlich gerädert schleppte sich Lena am Montagmorgen ins Büro, um sich nur widerwillig der liegengebliebenen Ablage ihrer Registratur zu widmen. Diese immer wiederkehrende stupide

Arbeit am ungeliebten Computer, auf dessen Tastatur ihre schmalen Finger wie ferngesteuert die Tätigkeit verrichteten, war ihr ziemlich lästig.

Die digitalen Karteikarten, die sie anzulegen und zu aktualisieren hatte, zeigten bei Regenwetter, bei Sonnenschein, vormittags und nachmittags immer dasselbe eintönige Gesicht.

Lediglich die Buchstaben und Zahlen, mit denen sich Personen und Identitäten auf dem Bildschirm mit allen Einzelheiten, wie Körpergröße, Augenfarbe, und Wohnort offenbarten, waren die einzigen Abwechslungen, die Lena ein wenig Helligkeit in den tristen Arbeitstag brachten. Oft kamen Mitleid oder auch Schadenfreude in ihr auf, wenn besondere Umstände die Lebensverhältnisse ihrer „Klienten" negativ beeinträchtigten oder schlagartig verbesserten. Und auch der Kaffee, egal wer von den Kollegen ihn kochte, brachte nur diese schale, unappetitliche Brühe in ihre Tasse.

Alle ihre bisherigen Anträge auf Umsetzung in ein anderes Sachgebiet waren negativ beschieden und geradezu fadenscheinig begründet worden. Gern hätte sie in einer Abteilung gearbeitet, wo

ihr Menschen von Angesicht zu Angesicht gegen-
übersaßen.

Mein Gott, es war ihr alles sowas von zuwider.
Und dann noch dieser Spiegel, dachte sie und
spielte verträumt mit ihrer Halskette.

Doch sie hing drin, in dieser Zentrifuge, deren
Umdrehungen von ihrem Vorgesetzten gerne mal
ein wenig höher gedreht wurden, wenn einer seiner Annäherungsversuche von Lena mit dem
Hinweis auf seine zuhause wartende Ehefrau
drastisch unterbunden wurde.

All diese negativen Tatsachen, die sich über den
ganzen Tag hinzogen, verstärkten den Drang,
sich als positiven Ausgleich diesen Spiegel zu
gönnen und ihn als einen festen Halt zu behandeln, als Festung in Erinnerung ans Vergangene.

„Sie werden heute noch ein bis zwei Überstunden
dranhängen müssen", warf ihr der Sachgebietslei-
ter entgegen, ohne Lenas Büro zu betreten. Für
diese unliebsame Mitteilung reichte es ihm nur
den Kopf durch die halb geöffnete Tür zu stecken.
„Morgen muss die Statistik spätestens raus, also
bleiben sie dran!", raunte er noch hinterher und
schloss die Tür, bevor Lena den Einwand „Nein,

11

heute geht's nicht, ich muss unbedingt..."vorbringen konnte.

Wird wohl heute nix mehr mit dem Spiegel, dachte sie wütend, ja fast heulend. Sie beeilte sich, die gesamten Zahlenreihen in die Statistik einzuarbeiten und mit den entsprechenden Sichtungs- und Sperrvermerken zu versehen.

Nachdem sie alle Unterlagen komplettiert hatte, schloss sie die Datensätze und gab sie für die Übersendung frei. Die grünen OK-Buttons signalisierten Vollständigkeit und Bestätigungen der Empfänger.

Nun wollte sich Lena beeilen, um doch noch vor Ladenschluss den Spiegel erstehen zu können. Zu allem Übel fiel auch noch die Straßenbahn wegen eines Unfalls am Rathausplatz aus, sodass sie den Weg zum Antiquitätengeschäft zu Fuß zurücklegen musste.

Sie erschrak, als nicht nur der Laden verschlossen, sondern auch der Platz an der Schaufensterwand, an dem der Spiegel bisher hing, leer war. Das so sehr von ihr erwünschtes Möbelstück war verschwunden, verkauft, weg. Vielleicht aber nur weggeräumt, oder für einen potenziellen Käufer reserviert?

Na, das passt ja gut in den Tag, dachte sie und die Enttäuschung setzte sich am Abend noch massiver in ihrem Kopf fest. Auch der trockene Rotwein wollte die trüben Gedanken nicht aus ihren Gehirnwindungen spülen.

Wer mag sich jetzt an dem schönen Stück erfreuen? An welcher Wand würde er hängen und seinen Besitzer noch Kopfzerbrechen über den idealen Platz bereiten.

Neid und Missgunst kamen ungerufen in ihr hoch. Vielleicht gefällt er seiner neuen Herrschaft ja gar nicht und er wird bald wieder in dem Laden hängen, dachte sie hoffnungsvoll. Es gelang ihr nicht, von diesem Spiegel gedanklich etwas Abstand zu gewinnen.

Zu sehr war er mit ihrer Kindheit verbandelt und verstrickt. Also morgen wieder sofort nach Feierabend das Antiquitätengeschäft aufsuchen, komme was wolle.

„Nein, der Spiegel wurde verkauft, hing ja lange genug hier herum", gab ihr der Besitzer zu verstehen. „Doch vielleicht ist er ja bald wieder hier" schob er spöttisch hinterher, „Denn er ist jetzt schon zum 2. Mal verkauft worden, der Vorbesitzer hatten ihn mir nach kurzer Zeit wegen Nichtgefallen wieder verkauft. Mit Verlust natürlich. Doch ich hoffe jetzt bleibt er endgültig bei dem Herrn".

Lena war erstaunt und niedergeschlagen zugleich. Gekauft und wieder zurückgebracht. Kurios dachte sie. Dann besteht sicher die Chance, dass er erneut zurückgebracht wird…hoffentlich.

Der Händler wunderte sich zwar über das übersteigerte Interesse der jungen Frau an der Herkunft des Stückes, gab aber bereitwillig Auskunft.

„Ja, jetzt erinnere ich mich. Er kam vor ungefähr 3 oder 4 Jahren in mein Geschäft. Ein junger Mann hatte das Anwesen seiner Eltern zu entrümpeln und bot mir neben einiger wertvollen Möbeln auch diesen Spiegel an".

In Lenas Gehirnwindungen schienen die Gedanken Achterbahn fahren zu wollen. Sie ließ sich aber nichts anmerken, um die Auskunftsfreude des Antiquitätenhändlers nicht zu unterbrechen.

„Aber wer jetzt den Spiegel hat, kann ich Ihnen nicht sagen, der Herr hat bar bezahlt, Adresse usw. Fehlanzeige", gab ihr der Händler zu verstehen und wollte sich damit endlich wieder seiner Arbeit widmen.

Lena verstand diesen Wink, hinterließ ihre Telefonnummer und verließ das Geschäft. Klare Gedanken zu fassen war momentan unmöglich. Sie versuchte die Erinnerungen an die Kindheit in die jetzige Zeit zu transportieren, um reale Zusammenhänge schaffen zu können und sie mit Personen und Ereignissen verbinden. Ihr dienstlicher Arbeitsbereich sollte sich bei den bevorstehenden Nachforschungen als paradiesischer Zustand herausstellen. Mit der Personensuche wollte sie beginnen, wenn es ihr Arbeitsaufkommen zulassen würde.

******

Nun war sie endlich fertig eingerichtet. Hier und da fehlten noch einige persönliche Dinge, aber die Zeit drängte, und darum müssten diese Kleinigkeiten später nachgebessert werden.

Dr. Alexander von Raschkewitz saß an seinem Schreibtisch seiner neuen Landarztpraxis und las stolz in der Zeitung die Bekanntgabe – *Praxisübernahme Dr. Alexander von Raschkewitz, Hubertusgasse 6a, zum 1. August-*.

Was würde sein Vater jetzt sagen, ja, vielleicht nur einen kurzen Kommentar aus sich herausquetschen, so wie es immer seine Art war, denn ein von Raschkewitz vollendete stets, was er sich vorgenommen hatte. Schade, dass er es nicht mehr lesen kann, dachte sich Alexander, denn schon vor Jahren war er bei einem schweren Verkehrsunfall in seinem Auto verbrannt. Hausmeister Schmidt, der am Steuer saß, war dabei ebenfalls umgekommen.

Die Mutter war verstorben, als Alexander und sein Bruder Lukas noch Schulkinder waren. Asthmatische Luftnot führte zum plötzlichen Erstickungstod.

Alexander von Raschkewitz, der sein Medizinstudium mit Bravour durchgezogen, und sich auch später in einer Schweizer Klinik einen positiven Namen gemacht hatte, wollte endlich sesshaft werden. Jetzt war es an der Zeit, der Krankenhaushektik zu entfliehen.

Das Angebot, die Praxis in der Kleinstadt zu übernehmen, kam ihm dabei wie gerufen. Das beschauliche Städtchen lag knapp 80 km von der großen Metropole entfernt, bot aber alles, was der Normalbürger benötigte. Lediglich das kulturelle Angebot war in der Großstadt vielfältiger.

Alexanders jüngerer Bruder Lukas war eher der „Bruder Leichtfuß", wie ihn der Vater immer nannte. Kurz vor seinem Tod bat der Vater Alexander stets einen Blick auf ihn zu haben, was Alexander nur bedingt gelang, denn Lukas ließ sich nichts, aber gar nichts von seinem älteren Bruder vorschreiben.

Trotz hoher Intelligenz und handwerklichem Geschick konnte dieser nur ein abgebrochenes Ingenieurstudium vorweisen. Ansonsten schlug er sich mit Gelegenheitsjobs und kurzzeitigen Anstellungen durch. Die kurze gescheiterte Ehe mit Conny, die glücklicherweise kinderlos blieb, sorgte zusätzlich für einen weiteren finanziellen Abstieg.

Alexander verschaffte seinem Bruder aufgrund guter Beziehungen mehrmals kurze Jobs, vermied dabei aber Ermahnungen zum Durchhalten, denn das doch gute Verhältnis der beiden zueinander sollte nicht durch sinnlose Vorhaltungen getrübt werden.

Als der Vater starb, waren sie beide zu gleichen Teilen erbberechtig. Obwohl dieser durch erfolgreiche wirtschaftliche Tätigkeit zur Wendezeit und ertragreichen Aktienhandel nach Aussagen des befreundeten Rechtsanwalts und Notars Berger ein beträchtliches Vermögen angespart haben sollte, war es allen Beteiligten ein wenig rätselhaft, dass das Konto nur einen verhältnismäßig geringen Stand auswies.

„Anscheinend hatte sich ihr Vater kurz vor seinem Tod noch einmal kräftig mit seinen Aktien verspekuliert", war die kurze lapidare Erklärung des Anwalts für den geringen Bargeldbestand.

Trotzdem nahmen die Söhne das Vermächtnis ihres Vaters ohne große Vorbehalte an und planten damit ihre weitere Zukunft.

„Wir sollten das große Anwesen verkaufen", schlug Alexander vor, nachdem der Erbschein vorlag. „Die Immobilienpreise sind hoch und wir könnten es gut veräußern. Bis auf ein paar Teile vom Mobiliar und der Einrichtung, an denen ich hänge, überlasse ich alles dir. Du kannst es sicher gut zu Geld machen."

Lukas war sofort einverstanden, und so wurden die Dinge wie verabredet in Gang gebracht und erfolgreich erledigt.

Das große Haus aus der Gründerzeit, das vormals über 3 Generationen einer Industriellenfamilie gehörte, erstand Friedrich von Raschkewitz kurz vor Alexanders Geburt. Ein lukratives Aktiengeschäft half der Familie damals den Kauf des Anwesens finanziell zu stemmen.

******

Lena verrichtete ihre Arbeit wie gewohnt in stoischer Gemütsverfassung. Eine interessante Abwechslung wollte sich nicht ergeben. Die geplanten Nachforschungen mussten warten, denn es wollte sich keine arbeitsfreie Minute einstellen, so hoch war das Arbeitsaufkommen.

Als sie das Wohnhaus betrat und den Briefkasten leeren wollte, hörte sie im Dachgeschoss eine Tür knarren. „Ich bin's nur Frau Oberholzner", rief sie nach oben, worauf sich die Tür wieder schloss.

Für das kommende Wochenende hatte sich Franziska angesagt. Nur zögernd war sie auf deren Vorschlag mal ganz was Großartiges zu kochen eingegangen. Ihre Freundin war nicht gerade aus dem Gourmethimmel gefallen. Einzig und allein blieben stets viel Spülkram und eine bekleckerte Küche als Nachhall auf das gemeinsame Kochen übrig. Und Lenas Ohren hatten eine gewaltige Welle von unaufhörlichem Geschwafel von Franziska zu ertragen.

Sie beide hatten sich im städtischen Zoo kennengelernt, als Franziska versuchte, ihrem kleinen Neffen zu erklären, warum die Affen, insbesondere Paviane oft ein rotes Hinterteil haben. Das passiert auch bei kleinen Kindern, wenn sie nicht brav sind. Dann gibt's Haue, und so ist es dem Pavian ergangen.

Lena konnte es nicht mit anhören und schritt ein, um die Sache richtig zu stellen. Und so bildete sich eine Freundschaft, die nunmehr schon über fast 5 Jahre hielt.

Und wenn sie beide ein Gläschen zu viel getrunken hatten, kam mmer wieder dieses Phänomen der Sexualschwellung des Hinterteils bei den Affen zur Sprache. Tränenüberströmt und kaum noch in der Lage, den Lachanfall zu bändigen, liegen sie sich dann in den Armen, aber nicht ohne vorher die Situation ausgiebig zu schildern, in der sich bei ähnlichen Hormoneinschüssen die Männer befinden, nur nicht hinten……

Was Männer anging, war Franziska ein verlassenes Mädchen. Ihre große Liebe entpuppte sich als Betrüger, der sich damals im Chatroom als junger, gutaussehender Charmeur präsentierte und zum ersten Date als mickrig dicklicher Mittfünfziger daherkam. Außer 2-3-mal Essengehen war nicht mehr drin, und so entfernte sich der Herr wieder aus Franziskas Dunstkreis. Lena war in dieser Hinsicht drastischer. Eine Verliebtheit ließ sie nicht mehr zu. „Eine Enttäuschung reicht mir", ließ sie verlauten, wenn das Thema angeschnitten wurde.

Henner Hellweg war froh, seine kleine Deutsch-kurzhaar-Hündin Betti wieder in die Arme nehmen zu können. Über 3 Tage war sie abgängig, hatte beim Spaziergang die Leine aus den Händen ihres Herrchens gezogen, als der sehr gepflegte Cocker-Spaniel Benjamin um die Ecke bog. Scheinbar hatte dieser schöne Rüde Bettis Hormonhaushalt komplett durcheinandergewirbelt.

Doch nun war sie wieder da, schmiegte sich um Vergebung bettelnd an die Beine ihres Herrchens und legte sich anschließend zufrieden ins Hundebett, während sich Henner in fast ähnlicher Art und Weise in seinem Ohrensessel zurücklehnte.

Nur das wohlgefüllte Rotweinglas in seiner Hand unterschied die beiden Wellness-feelings.

Das rechte Bein meldete sich mit gewohnt aufregendem Schmerz zurück und schien sich genüsslich in die Wohlfühlscene einmischen zu wollen. Niemals würde er vergessen, als er als Mitglied einer Sonderkommission wegen eines Einsatzes in der Brauerei einen Einbrecher verfolgte und in der Abfüllanlage ein 30 l Fass Dunkles auf sein rechtes Bein fiel und ihn mit gerade einmal 51

Jahren in den vorzeitigen Ruhestand katapultierte. Seine Kollegen spöttelten, er hätte besser die Abfüllanlage für leichte Biere aufsuchen sollen, dann wäre er vielleicht mit einer Prellung davongekommen.

Jetzt hatte der pensionierte Kriminalhauptkommissar endlich die zu seiner Person passende Wohnung gefunden. Erdgeschoß, mit Außenterrasse, größenmäßig für ihn perfekt zugeschnitten. Lediglich das Weibergelächter aus dem über seiner Wohnung liegenden Appartement störte seine Erholung. Bei Gelegenheit wollte er der jungen Dame mal so richtig die Leviten lesen.

Der Spätsommer hatte sich fast über Nacht in einen mit Regen und Sturm heranbrausenden Herbst verwandelt. Lena musste ihre geliebten Spaziergänge ausfallen lassen und gab sich stattdessen nach Feierabend in der großen Einkaufspassage einem Bummel durch die Geschäfte hin.

In der Parfümerieabteilung des Kaufhauses genoss sie die Proben der teuersten Düfte.

Ihr fiel auf, dass ein älterer Herr sie ständig beobachtete, und bei näherem Hinsehen erkannte sie

23

ihn. Es war der neue Mieter, der kürzlich die Wohnung unter ihrem Appartement bezogen hatte. Im Eingangsbereich waren sie sich begegnet und beim Verlassen des Hauses nahm sie wahr, dass er die Parterrewohnung aufschloss.

Doch warum hatte er sie hier und jetzt so auffallend im Visier? Ist er vielleicht ein sexgeschädigter Spanner?

Ein sehr teures Parfüm, das Lena intensiv probierte, um gleichzeitig den Weg zum Ausgang anzuvisieren, hatte die Aufmerksamkeit des Beobachters verstärkt und ihn bis auf 2 m an Lena heranpirschen lassen.

„So auffallend, wie sie sich hier bewegen, erkennt man sofort, dass sie der Hausdetektiv sind", entblößte Lena schmunzelnd die Situation. Der Mann legte den Zeigfinger auf die Lippen, schaute sich um und presste hinaus: „ Psst, es muss ja hier in dem Laden niemand wissen".

„Sie wohnen über mir", stotterte Henner Hellweg heraus ob dieser nicht erwarteten Enttarnung.

„Ja, ich wohne über Ihnen, Lena Berting", stellte sie sich vor und streckte dem Mann lächelnd ihre offene Hand entgegen.

Henner Hellweg spürte die außergewöhnlich schlanken Finger in seiner Hand und erwiderte die Begrüßung mit sanftem Händedruck. „Angenehm" erwiderte er und wollte noch weiter ausholen, als ihn die junge Frau bestimmend unterbrach.

„Schon gut, ich sag's ja nicht weiter" antwortete sie lächelnd und wollte den Weg zum Ausgang nehmen.

„Ich habe da noch eine Bitte", warf Hellweg hinterher und sah in Lenas fragendes Gesicht. „Wenn sie Besuch haben, geht es immer sehr laut zu. Ich bin ein paarmal davon wach geworden, geht es nicht ein wenig leiser?", bat der Mann.

„Aber klar doch, gehen sie später zu Bett, und sagen sie bitte ihrem Hund, dass er nicht so laut bellen soll, wenn sie ihn fragen, ob sein Fressen geschmeckt hat, und außerdem müssen sie ihren Mozart nicht durchs ganze Haus schallen lassen", antwortete Lena und verabschiedete sich grinsend und ließ einen verdutzten Henner Hellweg zurück.

Ein leichtes Lächeln huschte über ihr Gesicht beim Hinausgehen, denn der Mann war ihr sympathisch, er hatte sanfte, ehrliche Augen. Und er mag Mozart. Schade, nur n bisschen zu alt, dachte sie und wollte bei der nächsten Zusammenkunft mit Franziska etwas leiser sein, um die Nachtruhe des Herrn Hellweg nicht zu stören.

******

Das kleine Mädchen nahm die Hand der Mutter, lächelte sie dankbar an und freute sich auf den Tag und auf das Haus mit den großen, hohen Zimmern und den vielen schönen Bildern. Und auf den parkähnlichen Garten in dem man so herrlich Verstecken spielen kann. Es gab hier so viel Schönes, was in ihrer kargen, kleinen Wohnung in der fast schäbigen Wohngegend niemals zu finden war.

Das Mädchen liebte die beiden Jungs. Lukas, in ihrem Alter war ein richtiger Rabauke, der ständig etwas anstellen wollte, während der größere, Alexander, eher ruhig und verschlossen war. Sie waren die besten Spielkameraden. Es machte riesigen Spaß mit ihnen zu spielen, während die Mutter des Mädchens im Haus ihre Arbeit verrichtete.

Mizzi, wie es von allen genannt wurde, beneidete die beiden Jungs, denn sie hatten einen Vater. Sie dagegen hatte nur die Mutter. Der Vater der Jungen war immer sehr nett, wenn er denn mal da war. Dann streichelte er sogar die Mutter des Mädchens, während sie sich als Angestellte des Hausherrn der Büroarbeit widmete.

Dann stand er eines Tages mitten im Garten. Klette, mit richtigem Namen Hans-Jörg, dieser kleine schmächtige und stets hustende Sohn des Hausmeisters. Herr Schmidt, der als Handwerker eingestellt und nunmehr für die Gartenarbeit und Reparaturen am und im Haus zuständig war. Der Hausherr war aufgrund seiner beruflichen Situation mehrmals im Monat für einige Tage verreist, und so war Herr Schmidt dann oft der einzige Mann im Haus.

Klette deshalb, weil der Knirps sich an alles dranheftete und überall dabei sein musste. Dann wiederum stand er jedoch in gehörigem Abstand zum Geschehen.

Besonders das Mädchen litt massiv unter seiner Anwesenheit, da sie die beiden Jungs ab jetzt nicht mehr für sich ganz allein haben konnte.

27

Schmidts bewohnten das kleine Nebenhaus, und so war Klette stets präsent. Frau Schmidt war fast nur damit beschäftigt die Mutter der beiden Jungs zu pflegen. Sie war sehr krank und musste deshalb die meiste Zeit im Bett verbringen. Bei schönem Wetter fuhr man sie mit dem Rollstuhl auf die Sonnenterrasse.

Fürs leibliche Wohl der Familie sorgte Hermine, eine ältere, kräftig gebaute Hausdame, die, wenn sie ein Mann wäre, sicherlich auf einem Kasernenhof ihr Unwesen getrieben hätte. Aber zu den Kindern war sie stets nett und versorgte sie oft am Hinterausgang der Küche ausgiebig mit Leckereien.

„Hermine, verwöhnen sie die Kinder nicht allzu sehr", sagte dann Frau von Raschkewitz, wenn sie mal auf der großen Sonnenterrasse saß, eingepackt in dicken Wolldecken, das fahrbare Beatmungsgerät an ihrer Seite.

Der große Garten der Familie von Raschkewitz war das Spielparadies für die Kinder. Besonders der nicht gepflegte, verwachsene Teil des Anwesens, der an den nahen Wald grenzte. Ein kleiner Bachlauf davor, der in einen flachen Teich mündete, vervollständigte das reinste Abenteuerland der Kinder.

Die alten Bäume hierin hatten es sich gefallen lassen von unbändig sprießendem wildem Efeu überwachsen zu werden.

Dieses grüne Kleid diente dem Zaunkönig und anderen Kleinvögel als willkommene Nistbehausung.

Besonders Alexander interessierte sich sehr für die Natur und deren Schönheiten, während Lukas keine Berührungspunkte damit hatte, es tangierte ihn kaum, ob der Tag mit herrlichem Vogelgesang begann, oder entfernt eine Kreissäge aus der nahen gelegenen Schreinerei die wunderbare Stille störte. Für ihn zählte nur tägliches Vergnügen und ständig neue Spaßaktionen. Auch gegenüber Tieren war er nicht besonders feinfühlig. Es machte ihm höllischen Spaß am nahegelegenen Teich die Frösche zu ärgern, indem er sie an den Beinen zog, und so das Vorwärtskommen in deren Fluchtverhalten unterband. Erst wenn Mizzi ihn dafür rüffelte, ließ er von ihnen ab. Sie hatte zwar nur einen geringen Einfluss auf sein Verhalten, sein Bruder hingegen war gegen seine Schandtaten völlig machtlos. Von ihm ließ sich Lukas kaum etwas sagen. „Du hast mir gar nichts zu befehlen, du Papa Söhnchen, du Oberraschkewitz"., bekam Alexander dann von Lukas zu hören.

Mizzi registrierte diese verschiedenen Charaktere sehr feinfühlig und um größere Streitphasen zu verhindern, vermittelte sie wo sie nur konnte.

******

Die Praxis des Dr. Alexander von Raschkewitz konnte sich vor Terminanfragen kaum retten. Allein der übernommenen Patientenbestand hätte ausgereicht, um einen geordneten Arbeitsablauf gerade so bewältigen zu können.

Jetzt, nach den ersten Wochen, war der Andrang kaum zu verkraften. Die Budgetierung setzte eine automatische Bremse an.

Alexander konnte in den Fachblättern nach einem geeigneten Kollegen fündig werden. Dies hatte zur Folge, dass auch noch 2 Arzthelferinnen zusätzlich eingestellt werden mussten.

Nun war das neue Team fast komplett. Nur Dr. Bianca Dreier würde ihre Arbeit in der Praxis erst später aufnehmen können, weil die Klinik, in der sie bisher ihren Dienst versah, auf Einhaltung der gesetzlichen Kündigungsfrist bestand.

Die Zeit bis zu ihrer Einsatzbereitschaft wurde durch die Vertretung anderer Kollegen überbrückt. So konnte der Zufluss neuer Patienten zeitgerecht abgearbeitet werden.

Alexander von Raschkewitz war froh, diese Kollegin endlich in seiner Praxis begrüßen zu können. Sie war acht Jahre älter als Alexander und verfügte nicht nur über mehr Lebenserfahrung, sondern konnte auch eine sehr erfolgreiche internistische Ausbildung vorweisen.

Lena fiel aus allen Wolken, als auf dem Bildschirm Ihres PC im Lokalteil die online-Zeitung eine Anzeige über die Nachfolge einer Internisten-Praxis informierte.

Da war sie wieder, die breite Straße der Erinnerungen, an deren Rand die Menschen aus ihrer Kindheit winkend stehen, aufgereiht, um sie weiterzuführen, immer tiefer hinein in das Vergangene. Sie fühlt wieder das nasse Gras unter ihren nackten Füßen und die Hand von Alexander von Raschkewitz, mit dem sie lachend und kreischend über die Wiese zu dem kleinen Bach rennt. Und sie sieht Klette, der wie immer hüsteln versucht, sie einzuholen, während Lukas von Raschkewitz beleidigt zurück bleibt.

Alexander von Raschkewitz hatte laut Zeitung in der Stadt eine Arztpraxis übernommen. Er war also wieder zurück. Sie hatte damals von Bekannten gehört, dass er in die Schweiz gegangen war. Der Kontakt zu den von Raschkewitz-Buben war nach der Schulzeit angebrochen, da für die Jungen ein Studium Pflicht war. Über den Vater war zu erfahren, dass dieser bei einem Autounfall getötet wurde, wobei der Hausmeister der Familie ebenfalls zu Tode kam.

Nun hatte Lena Alexander wiedergefunden. Nur über Lukas gaben weder die Meldebehörden der benachbarten Kreise noch das Internet etwas her. Für eine bundesweite Anfrage bedurfte es der Anordnung ihres Abteilungsleiters. Vor Wochen hatte sie nicht im Entferntesten daran gedacht eine diesbezügliche Suche anzufangen. Erst die Entdeckung des Spiegels hat ihre Erinnerung aufleben lassen.

Am Montag wollte sie, soweit der Arbeitsaufwand es zuließ, an alle nahe gelegenen Stadt- und

Gemeinde-Meldeämter eine dienstliche Suchanfrage nach den von Raschkewitz starten. Das Wochenende wollte sie für Hausarbeit nutzen.

Am Samstagvormittag klingelte das Telefon. Der Antiquitätenhändler hatte Besuch von dem Kunden, der den Spiegel erworben hatte. Der junge Mann hatte nach weiteren Stücken gesucht. „Ich habe ihm von Ihnen erzählt, und dass Sie so verrückt nach dem Spiegel sind. Alles nur eine Frage des Preises hatte er darauf geantwortet. Haben sie was zum Schreiben, ich gebe Ihnen die Telefonnummer und die Adresse des Herrn". Lena war sprachlos und ziemlich aufgeregt. Sie bedankte sich ausdrücklich und versprach über das Ergebnis der Kaufverhandlung zu berichten.

Das alte Mietshaus in der Altstadt hatte zwar schon bessere Zeiten erlebt, strahlte aber durch die etwas maroden Fassaden einen besonderen Charm aus, den Lena gleich sympathisch fand.

Stefan Krebs bat die junge Frau hinein und entschuldigte sich für die Unordnung in seiner Wohnung. Der Spiegel lehnte noch verpackt an der Garderobenwand.

„Warum sind Sie so verrückt nach dem alten Teil?", wollte der junge Mann wissen.

Lena drehte an ihrer Halskette und erklärte in Kurzfassung ihr Interesse an dem Spiegel. „Für 400 Euro können Sie ihn haben. 350 habe ich bezahlt. Die 50 € Differenz sind für meine Auslagen, Fahrtkosten usw. einverstanden?" Lena schluckte kurz willigte aber ein.

Ihre Freundin Franziska hatte sich und ihr Auto für den Transport zur Verfügung gestellt, so konnte Lena am späten Nachmittag den Spiegel in ihrer Wohnung bewundern. An der freien Wohnzimmerwand hatte sie ihn fürs erste abgestellt. So hatte sie ihn stets im Auge, um den richtigen Platz für ihn auszusuchen.

****

Mizzi war froh, heute einmal allein im Garten zu sein, weil ihre letzten drei Schulstunden ausgefallen waren.

Klette war mit seinem Vater, Herrn Schmidt in die Stadt gefahren, wo dem Jungen mit neuen

34

Untersuchungsmethoden seinem schwindsüchtigen Husten abgeholfen werden sollte.

Mizzi lag verträumt im Gras, hörte durch das weit geöffnete Fenster wie ihre Mutter in fachfraulicher Art und Weise die Schreibmaschine bediente. Sie hatte Bilanzen und Rechnungen für Herrn von Raschkewitz zu erstellen.

Das Mädchen hörte wieder einmal aus dem anderen Fenster die eindringende und beherrschende Stimme des Herrn von Raschkewitz, der wie so oft laut schimpfend von irgendjemanden am anderen Ende der Telefonleitung etwas forderte.

Mizzi hatte, wenn sie sich wissbegierig die vielen Bilder in der großen Halle ansah, mitbekommen, dass Herr von Raschkewitz anderen Menschen mit seinem Geld aus Notlagen half. Er war dann sehr nett zu den Menschen am Telefon und versprach, wenn die Leute ihm ihr Geld geben würden, dass sie viel viel mehr zurückbekämen.

Am Abend hatte sie die Mutter gefragt, warum Herr von Raschkewitz mit den Leuten schimpfen muss, damit sie ihm sein Geld zurückgeben.

„Das verstehst du nicht, mein Kind. Herr von Raschkewitz ist ein Geschäftsmann und Geschäftsleute

35

müssen immer sehr streng sein, sonst verlieren sie viel Geld", versuchte die Mutter zu erklären. „Doch warum ist er dann zu allen anderen, die kein Geld von ihm bekommen so streng?"

„Er hat es nicht leicht, er muss für alle sorgen. Wenn er nicht wäre, hätte ich keine Arbeit und Alexander und alle anderen die im Haus sind nichts zu essen, da ist man vielleicht manchmal überarbeitet und nicht besonders gut gelaunt".

Beim Zubettgehen ermahnte die Mutter das Kind, dass es sich nicht gehört andere Menschen beim Telefonieren zu belauschen.

Mizzi dachte sehr über die Worte ihrer Mutter nach und registrierte fein deren Absicht Herrn von Raschkewitz nichts Negatives nachsagen zu müssen, sonst würde er wohl nicht mehr die Wange ihrer Mutter streicheln.

Der nächste Nachmittag war wie immer, die Jungen waren nach den Schulaufgaben im Garten, und auch Klette kam hüstelnd aus dem Nebenhaus. Mizzi hörte das Anschlagen der Typentasten der Schreibmaschine und war froh, dass ihre Mutter im Haus der von Raschkewitz Arbeit hatte.

Die Kinder spielten ausgelassen unter den Bäumen, während Frau Schmidt die kranke Frau von Raschkewitz, die wie so oft warm eingepackt, das Beatmungsgerät neben sich, auf die Sonnenterrasse fuhr.

Mizzi sah von Weitem, wie sehr sich die Frau des Hausmeisters um die Hausherrin kümmerte, eine gute Frau, dachte das Mädchen. Auch Herr Schmidt unterhielt sich, nachdem Frau Schmidt wieder ins Haus gegangen war, sehr eingehend mit Frau von Raschkewitz.

Von ihrer Mutter wusste Mizzi, dass Herr Schmidt auch für die Hausherrin oftmals Besorgungen und Erledigungen vornahm, wenn Herr von Raschkewitz unterwegs war.

Wenn der Hausherr nicht wegen seiner Arbeit unterwegs war, dann ging er gerne zum Tennisspielen. Mizzi bewunderte ihn, wenn er braun gebrannt mit blauweißem Pullover und weißer Hose bekleidet ins Auto stieg. Gerne hätte sie ihm einmal bei einem Tennisspiel zugesehen. Doch nicht einmal die Jungen wurden auf den Tennisplatz mitgenommen. Herr von Raschkewitz wollte wohl lieber allein sein.

Friedrich von Raschkewitz führte seine Finanzberatungsfirma patriarchalisch und fast im Alleingang.

Das Büro in der Stadt wurde von seinem Prokuristen, Herrn Oswald geleitet, der auch die Entsendung der Mitarbeiter für die einzelnen Investitionsstandorte vornahm. Die hauptsächliche Kundschaft war in Deutschland und den europäischen Nachbarländern angesiedelt, die vornehmlich aus Industriezweigen bestand, für die Raschkewitz adäquate Standorte und die entsprechenden staatlichen und privaten Investments vermittelte. Insbesondere die Zeit unmittelbar nach der Wiedervereinigung und das schleichende Ende des sowjetischen Imperiums hatte seiner Firma einen immensen Auftragsboom beschert. Darum war es Friedrich Raschkewitz kaum möglich an einem regulären Familienleben teilzunehmen. Die noch schulpflichtigen Söhne entfremdeten sich immer mehr von ihrem Vater. Anstatt sich mehr Zeit für die Jungen zu nehmen, forderte er immer mehr Leistung von ihnen. Der einwöchige Wanderurlaub in Südtirol sollte nunmehr das Verhältnis maßgeblich verbessern.

„Können wir nicht Mizzi und Hans-Jörg mitnehmen?", fragte Lukas seinen Vater, der am Schreibtisch noch die letzten Anweisungen für Herrn Oswald formulierte. „Ich möchte nicht das Kindermädchen für anderer Leute Kinder sein", war die barsche und unmissverständliche Antwort. „Dann möchte ich auch nicht mitfahren", reagierte Lukas niedergeschlagen

und wollte das Büro verlassen. „Nur wir drei fahren und damit basta!" beendete Friedrich von Raschkewitz die Diskussion und goss damit noch mehr Öl ins Feuer der Feindseligkeit der Jungen gegen den Vater.

******

Ja, der Platz ist gut, bestätigte Lena sich selbst ihre Auswahl zum Aufhängen des Spiegels. Genügend Befestigungsmaterial dürfte in ihrer Gerümpelkiste im Kellerabteil zu finden sein.

„Ich bin's nur Frau Oberholzner", rief sie ins Dachgeschoss, als sie ihre Wohnung verließ und Richtung Keller ging.

Fehlanzeige, fluchte Lena, als sie die Kiste durchsuchte. Sie knallte wütend den Deckel zu und murmelte undeutliche Flüche hinaus.

„Na, funktionierts denn?" fragte Henner Hellweg erheitert. Der hatte schon einige Minuten Lenas Suche nach Befestigungsmaterial vom Kellergang aus beobachtet.

„Was geht Sie das an", fauchte die junge Frau zurück und weckte damit in Hellweg den Drang zu noch mehr ironischen Kommentaren.

Verärgert schob sie den Mann an die Seite und stapfte wütend die Treppe hoch.

„Wenn Sie Hilfe brauchen, dann klingeln sie einfach bei mir", rief der Mann der jungen Frau hinterher.

Musste dieser Typ auch gerade jetzt im Keller auftauchen, dachte Lena erzürnt über die erneute Begegnung mit Henner Hellweg nach.

Kurz darauf klingelte es an ihrer Wohnungstür. „Ich meine es ernst mit meinem Angebot", wiederholte Hellweg seine Zusage der Unterstützung. „Kommen sie rein", entgegnete Lena jetzt fast freundlich mit einladender Geste.

„Ich will diesen Spiegel aufhängen, doch mir fehlt das passende Befestigungsmaterial", erklärte sie ihr Vorhaben. „Naja, da muss man schon etwas nehmen, was dieses schwere Stück auch halten wird", antwortete Hellweg, nachdem er den Spiegel kurz angehoben und begutachtet hatte. Ihm fiel auf, dass am unteren Rand der Rückseite eine

Schraube nicht vollständig in das Holz eingedreht war.

„In meinem Keller habe ich das Richtige und würde Ihnen am Wochenende beim Anbringen helfen", bot der Mann seine Hilfe an. „Das würde mich sehr freuen", entgegnete Lena fast anschleimend.

Man einigte auf Samstag um 11 Uhr und Henner Hellweg verabschiedete sich.

Bevor sie sich mit dem Spiegel beschäftigten klärte Lena Henner Hellweg über die im Dachgeschoss wohnende Frau Oberholzner auf. „Ist ne schrullige ältere Dame, aber eigentlich sehr nett. Sie mag gern alles wissen, was hier im Haus so vor sich geht".

Der Mann hats drauf, dachte Lena als Henner Hellweg die Wasserwaage auf den oberen Spiegelrand legte. „Perfekt, jetzt nehmen wir ihn noch einmal ab und drehen die Schraube auf der Rückseite des Spiegels ganz in den Rahmen, damit er nicht von der Wand absteht", erklärte Hellweg und eine verdutzte Lena half ihm, das schwere Teil von der Aufhängung zu nehmen. „Das war mir gar nicht aufgefallen", zeigte sie ihre Verwunderung, nachdem sie den Spiegel auf dem Teppich abgelegt hatten. Die Schraube musste voll aus dem Rahmenholz herausgedreht werden und war danach krumm und somit unbrauchbar. Der Rahmen war an dieser Stelle leicht geöffnet. Eine weitere Schraube unterschied sich von allen anderen und wurde ebenfalls herausgedreht. Eine fein eingepasste Abdeckung von 2 x 6 cm Größe ließ sich nun leicht vom Rahmen abheben. Henner Hellweg und Lena wollten nicht glauben, was sich in der Ausnehmung verbarg. „Ein gutes Versteck", sagte Henner und entnahm einen gefalteten Briefumschlag aus dem Spiegelholz.

******

Die Ferienwoche war für die daheimgebliebenen Mizzi und Klette von Langeweile geprägt. Während die Jungen mit ihrem Vater auf Wandertour in Südtirol waren, wollte im Garten der von Raschkewitz keine richtige Abenteuerstimmung aufkommen. Mizzi lag verträumt im Gras, blickte in den Himmel und bastelte aus den Wolkengebilden Figuren und Gesichter während Klette ohne großen Schwung in der Schaukel hing, deren Halteseile lustlos versuchten Furchen in den dicken Ast der alten Eiche zu schleifen.

Frau von Raschkewitz saß wie immer warm eingepackt auf der Sonnenterrasse. Der Hausmeister Herr Schmidt hatte sich auf einem Holzhocker neben sie gesetzt.

„Sieh mal, dein Vater leistet ihr Gesellschaft", rief Mizzi Klette zu, der sich umwandte und dann auch beobachten konnte, wie sich ein Vater sehr angeregt mit der Hausherrin unterhielt.

Das war nicht so oft der Fall, denn meistens kümmerte sich Frau Schmidt um Frau von Raschkewitz. Der Hausmeister bekam höchstwahrscheinlich Arbeitsanweisungen, denn er machte sich unaufhörlich Notizen.

Mizzi freute sich, dass sie nach den Ferien die Nachmittage wieder mit Alexander und Lukas verbringen konnte. Klette war wie immer das negative Anhängsel und fühlte sich in seiner Außenseiterposition anscheinend sehr wohl. Er wurde selten in irgendwelche Spiele oder Vorhaben der drei konkret einbezogen. Aber stets war er in ihrer Seite, war immer der letzte, wenn es um Wettrennen oder Verstecken ging.

Am Wochenende gab es im Hause der von Raschkewitz die alljährliche Spätsommerfeier. Wichtige Leute aus Politik und Wirtschaft waren eingeladen. All die Menschen, denen Friedrich von Raschkewitz hier und da mal zu respektablen Finanzabschlüssen verholfen hatte, oder ihnen bei der Vermittlung von Grundstücken in bester Lage die entsprechenden Verbindungen ermöglichte. Bei problematischen, baurechtlichen Sachverhalten kannte er die einflussreichsten Entscheider, um für einen befreundeten Antragsteller das positive Ergebnis eines Genehmigungsverfahrens zu ermöglichen. Als Gegenleitung konnte er sich deren Hilfe bei eigenen Begehren sicher sein. Hier auf der Feier konnte Friedrich von Raschkewatz alte Seilschaften verfestigen und neue verflechten, indem er maßgebliche Leute zusammenbrachte. Insbesondere Dr. Ambrosius, Fachanwalt für Wirtschafts -und Erbrecht war der absolute Vertraute für den Finanzjongleur Friedrich von Raschkewitz. Alle wichtigen Transaktionen und sensiblen Geschäfte ließ er sich von Ambrosius rechtlich absichern. Gerade in diesen politisch und gesellschaftlich so durchwirbelten Zeiten waren Rechtssicherheit aber auch das Wissen um gesetzliche Schlupflöcher für die Geschäftsabschlüsse unabdingbar.

Für die Unterhaltung spielten zwei Musiker sanfte Klänge auf dem großen Balkon. Eine Schar von Kellnern und Servicepersonal kümmerte sich um die Bewirtung der Gäste, die für ausgiebigen Smalltalk auf den gepflegten Gartenflächen flanierten.

Die Kinder nutzten diese Gelegenheit, um sich unbeaufsichtigt und weit weg vom Trubel der Feier am kleinen Teich zu vergnügen. Sie wollten den mit Steinen eingefassten Einlauf des kleinen Baches anstauen, um hier besser Stichlinge fangen zu können. Hierfür mussten Äste und Rasenteile herangeschafft werden.

******

Henner Hellweg legte den Briefumschlag auf den Glastisch und setzte sich in den Sessel. Sein verletztes Bein schmerzte. „Darf ich mein Bein auf den Hocker legen", fragte er und ohne eine Antwort abzuwarten, hob er es auf das weiche Kissen.

Lena hatte die Frage kaum wahrgenommen, sondern starrte wie gebannt auf den Briefumschlag, den ihre schlanken Finger nunmehr vorsichtig von mehreren Klebestreifen befreite.

Ein Schlüssel fiel klirrend auf den Glastisch und ließ sie zittern. Sorgfältig glättete sie ein dazugehöriges Schreiben, das wohlgefaltet den Schlüssel geschützt hatte.

„Ein Schließfachschlüssel", kommentierte Henner Hellweg. „Ein Schließfachschlüssel vom Bankhaus Rothhausen, ich erkenne es an dem aufgedruckten Logo", erklärte er, während seine Hand sein lädiertes Bein streichelte.

„Eine Bankvollmacht für das Schließfach…ausgestellt von…Lieselotte von Raschkewitz", stotterte Lena vor sich hin und hantierte an ihrer Halskette.

Eine mysteriöse Stille erfüllte den Raum.

Was hatte die Ehefrau von Friedrich von Raschkewitz bewogen, diese Dinge in einem Geheimfach im Spiegel, der über Jahre in der großen Diele ihres Wohnhauses hing, zu deponieren, dachte sich Lena und sah Henner Hellweg fragend an.

„Kennen sie die Frau?", wollte er wissen.

******

Während Mizzi und Alexander sich um das Geäst kümmerten, legte Lukas die passenden Steine für den Staudamm zurecht. Klette der wie immer abseits stand und dessen Tun beobachtete. Lukas sah nur kurz zu ihm herüber, hob einen großen Stein an, rutschte dabei über die nasse Einfassung und stürzte rückwärts auf das Steinufer das kleinen Baches und blieb mit dem Gesicht im Wasser liegen. Er rührte sich nicht, nur sein blonder Scheitel ragte aus dem Wasser. Alexander und Mizzi standen wie versteinert am oberen, gegenüber liegen Teil des Teiches. Zweige und Äste ließen sie fallen und beobachteten, wie Klette sofort versuchte, den bewusstlosen an der Schläfe blutenden Lukas aus dem Wasser zu ziehen. Das Gesicht des schmächtigen Hans-Jörg Schmidt lief vor Anstrengung rot an. Er schaffte es, mit allerletzter Kraft den Körper des Jungen auf die Wiese zu heben.

Alexander hatte die Situation begriffen und war unvermittelt Richtung Haus gelaufen, um Hilfe zu holen.

Eine sofortige Brustkorbmassage durch Dr. Kurt Grubmüller, der sich unter den Gästen befand, brachte Lukas von Raschkewitz zurück ins Leben.

47

„Kurt, wie soll ich dir nur danken", sagte Friedrich von Raschkewitz noch voll ergriffen vom soeben Erlebten. „Bedanke dich bei dem Knirps da vorn, ohne ihn..." antwortete Dr. Grubmüller ohne den Satz zu beenden und zeigte auf Klette, der noch an der Stelle saß, an der Lukas in den Bach gestürzt war.

Friedrich von Raschkewitz nahm den Jungen in den Arm und drückte ihn fest an sich, ohne ein Wort zu sagen.

Mizzi und Alexander hatten alles stumm und bewegungslos verfolgt. Erst als man den verletzten Lukas abtransportiert hatte, gingen sie mit dem Rest der Anwesenden Richtung Haus der von Raschkewitz, wo sich die Gesellschaft mittlerweile in Auflösung befand.

Mizzi saß am nächsten Morgen still und noch ergriffen von den Ereignissen des Vortages beim Sonntagsfrühstück. Ihre Mutter richtete das Mittagessen vor, wohlwissend, dass sie beide wenig davon zu sich nehmen würden.

„Hans-Jörg ist ein tapferer Junge. Obwohl er so schmächtig ist, hat er Lukas gerettet", lobte Mizzis Mutter Klettes mutige Tat. Mizzi blieb stumm, dachte beschämt darüber nach, wie sie und die beiden Jungs ihn so oft grundlos ausgeschlossen und geärgert *hatten. Und dieser schmächtige Knirps hatte jetzt einem anderen Kind das Leben gerettet. Sie nahm sich vor, Klette ab sofort so zu behandeln, als wäre er ihr Bruder.*

******

Und wieder schossen die Pfeile der Erinnerungen in Lenas Herz, stülpten ihre Kindheit nach außen. Bohrten in ihrer Gegenwart herum, als wollten sie sie beherrschen. Es gab kein Entrinnen, sie lag geöffnet vor ihr....die Zeit bei den von Raschkewitz.

„Ja, ich kenne die Frau", gab sie Henner Hellweg zu verstehen und schilderte kurz, ohne auf Einzelheiten einzugehen, was sie mit den von Raschkewitz zu tun hatte.

„Dann können sie sofort zur Bank gehen und das Schließfach öffnen", schlug Henner vor und war im Begriff aufzustehen, um sich zu verabschieden.

„Nein, nichts dergleichen. Ich werde den Schlüssel dem Sohn der Familie übergeben, der hat vor kurzem in der Stadt eine Arztpraxis übernommen", gab Lena belehrend und unmissverständlich zurück.

Henner Hellweg war auf dem Weg zur Wohnungstür. „Das sollten sie sich erst einmal gut überlegen, schlafen sie ein paar Nächte drüber. Ach, der Spiegel..."antwortete er und hob den Spiegel wieder in die Aufhängung.

Lena brachte den Mann zur Tür und bedankte sich für die Unterstützung. „Sollten sie demnächst wieder Hilfe brauchen, sie wissen, wo ich wohne", sagte Henner Hellweg flapsig und verschwand im Treppenhaus.

In der Nacht wollte der Schlaf nicht über die Wachheit siegen. Keine Anzeichen von Müdigkeit konnte Lenas Körper zur Ruhe zwingen. Viel zu aufgewühlt vollführte ihr Inneres einen Salto nach dem anderen. Immer mehr Bilder aus diesen besonderen Jahren schoben sich auf ihre geistige Leinwand und wollten nicht wieder verblassen.

Was mag sich in diesem Schließfach verbergen, dachte sie auf und ab, rechts und links, oben und unten. Kein anderer Gedanke schob sich davor.

Auch der arbeitsfreie Sonntag brachte keine Entwarnung, ihre Gedanken rasten in Höchstgeschwindigkeit durchs Hirn und fanden keine entspannende Ausfahrt. Alles Denken mündete trichterhaft in dem ominösen Schließfach. Verknotet in dieser Einbahnstraße war Lena froh, am nächsten Morgen wieder zur Arbeit gehen zu dürfen. Ihr Sachbearbeiter hatte sich für die ganze Woche in einen Kurzurlaub verabschiedet, was ihr ungestört ausreichend Gelegenheit für die Recherchen rund um die von Raschkewitz und Familie Schmidt geben würde.

Wie ferngesteuert suchte Lena nach einem sicheren Versteck für den Schließfachschlüssel und das dazugehörige Dokument. Doch wer sollte auf einmal hier einbrechen und gezielt danach suchen. Sie fühlte sich ertappt ob des aufkommenden Misstrauens. Lediglich Henner Hellweg wusste davon, und der sollte doch wohl zuverlässig sein? Lena versuchte klar zu denken und entschuldigte sich im Geiste bei ihrem Helfer. Trotz aller Nachsicht für Henner Hellweg verteidigte sie ihre Vorsicht und fand das passende Versteck. Eine lockere Bodendiele unter dem Teppich im Schlafzimmer dient als Abdeckung für das zeitlich zugewiesene Obdach für den Schlüssel. Das

Dokument fand Heimat unter einem Wäschestapel.

******

Seit dem Zwischenfall am kleinen Teich waren nun schon über vier Wochen vergangen, und Lukas war wieder der alte. Nichts erinnerte mehr an seinen Sturz in den Bachlauf.

Es war ihnen verboten worden diesen Bereich jemals wieder zu betreten. Die Kinder hielten sich an diese Auflage und verbrachten die meiste Zeit am nahen Waldrand, um sich außerhalb des Blickfeldes zum Haus aufzuhalten. Lediglich Klette war verändert. Innerhalb der letzten 3 Wochen war er nur ein paar Mal zum Spielen draußen. Wann immer Friedrich von Raschkewitz im Anwesen weilte, rief er den Jungen zu sich. Klette blieb dann manchmal über mehr als 2-3 Stunden im Haus.

Alexander, als ältere der Kinder nahm diesen Umstand in sich auf und dachte ernsthaft darüber nach, ob Klette als Retter seines Bruders nunmehr zum Dank als 3. Kind in die Familie aufgenommen wurde. In seiner kindlichen Naivität sah er den Sohn des Hausmeisters bereits in seinem Bett schlafen und mit seiner Eisenbahn spielen. Sicher wird er auch zu Weihnachten reichlich beschenkt werden, dachte Alexander weiter.

Aber auch an Mizzi waren die vielen Nachmittage ohne Klette nicht spurlos vorbei gegangen.

„Mama warum ist Hans-Jörg jetzt so selten im Garten, und wenn er draußen ist, redet er nicht. Immer holt ihn Herr von Raschkewitz zu sich ins Haus", wollte Mizzi wissen. Die Mutter zögerte, wusste nicht, was sie ihrer Tochter antworten sollte, denn auch ihr war es nicht entgangen, dass sich Friedrich von Raschkewitz neuerdings ausgiebig um Hans-Jörg Schmidt kümmerte.

Sie hatte mitbekommen, wie er den Kleinen mitgenommen hatte, mitgenommen, in sein Allerheiligstes, in sein Büro, in dem noch nicht einmal seine Söhne, geschweige denn seine Ehefrau oder das Personal Zutritt erhielten. Mizzis Mutter wollte darin nichts Negatives sehen, denn die Eltern des Kleinen wussten sicher von der überschwänglichen Fürsorge, die ihrem Sohn zuteilwurde. Gedanken machte ihr lediglich Mizzis Aussage, dass Hans-Jörg jetzt noch weniger sprach.

Der Winter kam fast ohne dass sich der Herbst richtig ausleben konnte. Schon Anfang November fiel der erste Schnee und die Kinder trafen sich immer seltener.

Zu Weihnachten richteten die von Raschkewitz am 2. Festtag eine große Weihnachtsfeier aus. Jeder wurde mit Geschenken bedacht und man speiste in großer Runde, was besonders Mizzi gefiel, denn bisher feierte sie Weihnachten nur mit ihrer Mutter allein in der kleinen Mietwohnung. Das Mädchen genoss die At-mosphäre und fühlte sich wie in einer großen Familie aufgenommen. In Gedanken stellte sich Mizzi vor, dass der Herr von Raschkewitz nicht nur ihre Mutter, son-dern auch sie vielleicht einmal in den Arm nehmen würde.

******

Lena konnte sich den Arbeitstag frei einteilen. Ohne die ständige Gängelung durch ihren Sach-bearbeiter entwickelte sie eine immense Motiva-tion. Die Vorgänge arbeitete sie zügig ab, ohne ihre privaten Vorhaben, denen sie im Dienst nach-gehen wollte, aus den Augen zu verlieren.

Der Verbleib Alexander von Raschkewitz war geklärt. Was war aus Lukas geworden? Die Abfrage an benachbarte Meldeämter hatte keinen Treffer ergeben.

In den nächsten Tagen wollte sie weitere Nachforschungen anstellen.

Der Abend war bestimmt von dem Mysterium des Schließfaches. Lenas Geduldslunte brannte langsam, aber stetig ab. Sie konnte ihre Wissbegier bald kaum noch im Zaum halten. Die Zähne der Neugier nagten an ihrer Standhaftigkeit.

Sollte sie allein in die Bank gehen, oder Henner Hellweg als Begleitung engagieren? Fragen über Fragen. Was passierte, wenn die Inhalte brisant und niederschmetternd waren? Sollte sie sich damit momentan noch vermeidbaren Seelenschmerz aufladen? Würde sie der Inhalt möglicherweise reich machen oder womöglich in Lebensgefahr bringen?

Sie war entschlossen. Henner Hellweg erklärte sich bereit, sie am Donnerstag nächster Woche zu begleiten. Lena wollte sich die Tage bis dahin zum Überlegen vorbehalten.

„Machen sie sich auf alle möglichen Grausamkeiten gefasst. Ich weiß von vielen ähnlichen Situationen zu berichten, was ich ihnen aber ersparen möchte", klärte er die junge Frau auf, während er das Rotweinglas mit einem leichten Anflug von Genießerfreude auf den Tisch stellte. „Ein wirklich guter Tropfen, nehmen sie sich noch von dem Auflauf", sagte er und reichte Lena das Vorlegebesteck. „Nein vielen Dank", antwortete sie und legt die flache Hand auf die Magengegend und signalisierte so keinen Nachschlag mehr zu sich nehmen zu können.

Sie war froh, die Einladung Henner Hellwegs angenommen zu haben, denn es war ein sehr gemütlicher Abend. „Sie können vorzüglich kochen, es war fantastisch, und dazu dieser herrliche Rotwein", lobte sie. „Ja, vor allem mag ich die italienische Küche", antwortete Henner und lehnte sich zufrieden zurück, sein Hund Betti räkelte sich derweil uninteressiert im Körbchen. Und Milva sang dazu Funiculì, Funiculà dieses italienische Volkslied aus dem Jahr 1880, das aus Anlass der Eröffnung der Standseilbahn auf den Vesuv geschrieben wurde.

Spät in der Nacht ließ Lena die letzten Stunden noch einmal Revue passieren. Sie war froh in

Henner Hellweg einen guten Freund und Mitstreiter gefunden zu haben. Diese Augen können nicht lügen, manifestierte sie ihre Entscheidung. Sie wollte ihm voll vertrauen. Ihrer Freundin Franziska von alledem zu erzählen, hatte sie sich für sehr viel später aufgehoben.

******

Im Frühjahr sah man immer öfter den Hausmeister Schmidt mit der Hausherrin auf der Sonnenterrasse sitzen. Lieselotte von Raschkewitz vergab anscheinend in Vertretung für ihren Mann wieder außerordentliche Arbeitsaufträge.

Friedrich von Raschkewitz befand sich jetzt oftmals über mehrere Tage außer Haus.

„Sollten irgendwelche Nachfragen kommen, wenden sie sich bitte an Herrn Oswald. Er wird ihnen die notwendigen Informationen geben", ich werde mich zwischendurch mal melden, wenn es geht, sie wissen, der Osten ist noch rückständig", wies der Hausherr Mizzis Mutter an, bevor er das Haus verließ.

Zum Abendessen in der kleinen Mietwohnung wurde Mizzis von ihrer Mutter von einer in sanft blumigen Umschreibungen verpackte Neuigkeit unterrichtet.

„Die Eltern von Alexander möchten, dass ihr Sohn einmal ein Arzt werden soll", begann die Mutter. „Ich weiß, das hat mir Alexander schon sehr oft erzählt, dass er gerne kranken Menschen helfen würde", überraschte Mizzi ihre Mutter. „Ja, und deshalb wird er die Schule wechseln müssen", ergänzte ihre Mutter. „Natürlich, auch das hat er mir erzählt, denn auf seiner Schule kann er kein Abitur machen", wusste Mizzi.

„So ist es, aber seine Eltern wollen ihn auf ein Internat weit weg von hier schicken", sagte die Mutter.

Mizzi wollte nicht glauben, was sie da hörte. Der beste Freund wird sie verlassen. „Nein Mama, das glaub ich nicht", wehrte sich das Mädchen.

Ihre kindlichen Gesichtszüge verwandelten sich in ein tränenüberströmtes Antlitz. Der von heftigem Schluchzen durchschüttelte kleine Mädchenkörper wollte sich trotz der Umarmung ihrer Mutter kaum beruhigen. Auch in der Nacht war zu hören, wie ihre kleine Tochter still vor sich hin weinte.

„In den Ferien komme ich ja immer nach Hause", versuchte Alexander Mizzi zu trösten und sah in ihr trauriges Gesicht. „Meine Eltern lieben mich ja sowieso nicht mehr, sie haben ja jetzt Klette", machte er Mizzi klar. „Mein Vater gibt ihm jetzt immer Nachhilfeunterricht in Lesen und Schreiben, und er darf in seinen wertvollen Büchern blättern. Ich bin froh, dass ich bald weg bin. Und in 2 Jahren wird Lukas vielleicht nachkommen".

Dann bin ich allein…mit Klette, dem Doofmann, dachte Mizzi und entschuldigte sich sofort für die gedankliche Entgleisung.

Trotz elterlichen Verbots saßen die vier Kinder in der warmen Maisonne am kleinen Teich. Alexander, Lukas und Mizzi, und vier, fünf Meter entfernt… Klette.

Es sollte der letzte Tag sein, der sie so vereint in dieser Runde zusammen zeigte. Immer dunkler wurde der Schatten des Abschieds. Sie schworen sich, sobald sich später einmal die Gelegenheit bieten würde, alles zu tun, um genauso wieder zusammen zu kommen.

Die Koffer standen schon in der großen Diele. Mizzi wartete vor der Eingangstür, während Klette an der entferntesten Hausfassade lehnte. Lukas wollte den Abschied seines Bruders nicht miterleben. Er hatte sich *in seinem Zimmer verbarrikadiert. Auch das Rufen Mutter und das -Komm jetzt raus- des Vaters hatte er ignoriert. Nein, er wollte nicht.*

Mizzi weinte in sich hinein, Klette warf Steinchen ziellos in die Gegend als Alexander in das Auto seines Vaters stieg. Er setzte sich auf die Rückbank, um Unterhaltungen mit ihm zu vermeiden. Durch das Seitenfenster blickte er auf eine äußerst traurige Mizzi.

Das Auto fuhr die Allee hinunter, passierte das breite Tor und bog rechts ab. Mizzi wollte nur noch nach Hause.

******

Die Anfragen an die umliegenden Gemeinden und Städte erbrachten keinerlei Hinweise auf den derzeitigen Wohnort Lukas von Raschkewitz`. Die überregionale Abfrage, die nur von ihrem Vorgesetzten in Gang gebracht werden konnte, wollte Lena nur als letztes Mittel einbringen. Vielleicht aber könnte Henner Hellweg hier seine Verbindungen zum Polizeipräsidium nutzen. Eine dienstliche Wohnortfeststellung wäre sicherlich erfolgreicher und könnte bundesweit erfolgen. Sie wollte ihn bei nächster Gelegenheit darum bitten.

Ein baldiges Telefonat mit Alexander von Raschkewitz zog Lena ebenfalls in Betracht. Die Neuigkeiten würden den Arzt sicherlich hin und her reißen und möglicherweise strikte Ablehnung zeigen. Oder das Gegenteil könnte auch der Fall sein. Früher oder später müsste sie Alexander von Raschkewitz sicherlich aufsuchen.

Henner Hellweg war froh, seinen ehemaligen Kollegen wiederzusehen. Viele Jahre hatten sie in der Ermittlungsgruppe der Kripo erfolgreich zusammengearbeitet. Lediglich der Fahndungseinsatz in der Brauerei beendete die gemeinsame Tätigkeit abrupt und bescherte Henner Hellweg die sofortige Versetzung in den Ruhestand aus medizinischen Gründen.

Ohne es mit Lena abgesprochen zu haben, hatte Henner Hellweg Nachforschungen über die Familie von Raschkewitz in die Wege geleitet. Sein dienstlicher Wegefährte „Pinne" Lepinski

61

erklärte sich bereit, ihm bei den Recherchen behilflich zu sein. „Natürlich alles im Rahmen meiner Möglichkeiten", schränkte Pinne ein. „Ist doch klar, ich möchte nicht, dass du Schwierigkeiten bekommst", gab Hellweg verständnisvoll zurück. „Aber die Tatsachen lassen mich schlussfolgern, dass hier vielleicht etwas nicht stimmt", schob er nach.

„Sobald ich etwas weiß, werde ich mich bei dir melden", versprach Lepinski.

Die ersten Wochen, in denen Dr. Bianca Dreier in der Praxis arbeitete, zeigten, dass er mit der Kollegin die beste Wahl getroffen hatte. Alles lief am wie am Schnürchen, so als hätte sie schon immer an seiner Seite gearbeitet. Alexander von Raschkewitz war hocherfreut, dass die Ärztin seine Einladung zu einem sehr privaten Abendessen in seine Wohnung angenommen hatte.

„Ich möchte ihnen danken, dass sie sich so schnell und perfekt eingearbeitet haben und die vielen Überstunden in Kauf genommen haben", lobte er die Kollegin, hob das Glas und übergab ihr einen Umschlag. „Ein kleiner Zuschuss zu ihrer neuen

Wohnung, keine Angst, es ist kein Schwarzgeld", erklärte Alexander lächelnd.

Bianca Dreier zeigte sich verblüfft, nahm das Geschenk aber gerne an, denn ihre finanzielle Situation war momentan nicht die beste, was sie jedoch ihrem Gastgeber nicht offenbaren wollte. So kam der warme Geldregen zur rechten Zeit.

Auf ihre Frage nach Verwandten, Eltern und Freunden gab sich Alexander sehr verhalten. „Meine Eltern leben nicht mehr. Ich habe noch einen Bruder, zu dem ich erst wieder nach dem Tod meines Vaters wieder einen lockeren Kontakt aufgenommen habe, wegen des Erbe, versteht sich. Das ist alles ohne Streit über die Bühne gegangen", berichtete Alexander kurz und knapp und vermied weiteres Nachfragen, indem er sich nach ihrer Familie erkundigte. Auch von Bianca Dreier bekam er nur einen sehr kurzen Abriss ihrer Familien-Vita.

Der harmonische Abend fand erst spät in der Nacht sein Ende, als das Taxi für die Ärztin vorfuhr. Man verabschiedete sich herzlich und versprach, solch einen Abend bald zu wiederholen.

******

*Die Nachmittage auf dem Anwesen der von Raschke-
witz hatten für Mizzi vorerst den Reiz verloren. Ohne
Alexander an ihrer Seite machten keine der Spiele mehr
Spaß, so vergingen viele Wochen ohne spielerische Hö-
hepunkte für die Kinder.*

*Klette verbrachte bei Anwesenheit des Hausherrn nach
der Schule mehrere Stunden im Haus und so waren
Mizzi und Lukas oft allein im Garten.*

*Der Regentag bot wahrlich nicht das beste Ambiente
für ein Versteckspiel am Waldrand oder für das Auf-
stauen des Bachlaufes. Seit Alexanders Abreise kümmerte es keinen Erwachsenen mehr, ob sich die Kinder
am Bach aufhielten.*

*Die beiden saßen in der großen Küche und probierten
den Kuchen, den Hermine für die Familie gebacken
hatte. „Na, ihr zwei, habt bei dem Wetter keine Lust
draußen zu spielen, nein, hätte ich auch nicht", gab
Hermine zu und legte beiden noch ein Stückchen Apfelkuchen auf den Teller, bevor sie ein Tablett herrich-
tete, auf dem eine Tasse Kakao, ein Kännchen Kaffee
und zwei Stücke Apfelkuchen Platz fanden.*

Ein weiteres wurde mit Tee und Kuchen bestückt. Mizzi beobachtete aufmerksam das Tun der Haushälterin, die, nachdem sie alles auf einem Rollwagen verstaut hatte, die Küche verließ.

„Jetzt werden dein Vater und Klette bedient", erklärte Mizzi. „Und meine Mutter", schob Lukas hinterher, während er sich vom Hocker erhob und Mizzi per Handzeichen zum Mitkommen aufforderte.

Während beide die quietschende Fahrstuhltür sich oben öffnen hörten, schlichen sie die große Treppe hinauf und warteten, bis Hermine ihre Fracht abgeladen und die Herrschaften bedient hatte. Der große Spiegel in der weit offenen oberen Etage beobachtete die beiden Kinder, die hinter dem schweren Bauernschrank auf Hermines Verschwinden warteten. Mizzi legte den Zeigefinger auf den Mund und ließ nur ein leises - Psssst- durch die Lippen zischen.

Die schwere Tür zur großen Bibliothek war nicht vollständig ins Schloss gefallen und gab einen Spalt breit Sicht für die Kinder frei. Sie sahen Lukas Vater, der den am Schreibtisch sitzenden Hans-Jörg Schmidt sanft über den Haarschopf strich. „Ich werde heute Abend mit deinen Eltern reden, sie werden sicher nichts dagegen haben, und sich vielleicht freuen", versicherte er, während der Junge weiter etwas schrieb oder zeichnete.

65

Mizzi und Lukas verschwanden wieder hinter dem Bauernschrank und machten sich ganz klein, während sie hörten, wie die Tür zur Bibliothek ins Schloss fiel. Im Dachboden verschanzten sich die beiden hinter Kisten und Kübel, als müssten sie sich nach einer Straftat vor den polizeilichen Verfolgern verstecken.

Am nächsten Tag hatte die Sonne dem Regen ein striktes Verbot auferlegt, dem dieser auch brav nachkam. Ein perfekter Frühsommertag ließ das Grau vom Vortag vergessen. Frau von Raschkewitz saß mit Herrn Schmidt auf der Sonnenterrasse während Mizzi und Lukas in der großen Eiche hockten. Klette hing wie gewohnt lustlos in der Schaukel und hüstelte.

Friedrich von Raschkewitz hatte schon sehr früh am Morgen das Haus verlassen und war auf dem Weg zu Herrn Oswald um ihm die nötigen Informationen für die während seiner Anwesenheit anfallenden Termine zu geben. Erst in ein paar Tagen wollte er zurück sein.

„Ich werde an die See fahren, damit ich gesund werde", hörten sie Klette Richtung Baumkrone rufen. Mizzi und Lukas sahen sich an und antworteten fast einstimmig „Was wirst du?" „An die Nordsee fahren, in den Herbstferien", vervollständigte Klette. Die Äste der alten Eiche bewegten sich, als hätte sie ein kräftiger Windstoß aus der frühsommerlichen Müdigkeit geweckt. Lukas und Mizzi beeilten sich, das obere Geäst zu verlassen, um auf dem Schaukelast sitzen zu bleiben. Dort wollten sie sich noch einmal Klettes Vorhaben bestätigen lassen.

„Dein Vater hat für mich einen Platz in einem Heim direkt an der See reserviert, damit ich meinen Husten loswerde", rief er Lukas zu. Dieser wollte nicht recht glauben, was Klette da von sich gab, musste es aber spätestens am Abend als Tatsache hinnehmen, als seine Mutter es ihm erzählte. "Dein Vater möchte es so, schließlich hat er dich gerettet, ich habe es befürwortet", gab ihm die Mutter zu verstehen, setzte ihre Atemmaske auf und bat den Jungen wieder nach unten zu gehen. Mit gesenktem Kopf schlich Lukas die Treppe hinunter und schloss sich in seinem Zimmer ein.

Die nächsten Tage musste der Garten ohne die Gesellschaft der Kinder auskommen. Mizzi begleitete ihre Mutter tagelang nicht zu den von Raschkewitz, sie zog es vor zuhause bleiben. Lukas verließ zum Spielen das Haus nicht und Klette saß vor dem Wohnhaus seiner Eltern und warf Steinchen auf ein nicht ersichtliches Ziel. In der Nacht weckte ihn ein Scheinwerferlicht, das nur kurz durch sein unbeleuchtetes Zimmer huschte und Schmidts Hauswand streifte.

******

„Übermorgen ist es so weit", sagte Henner Hellweg, als Lena ihm auf sein Klingeln hin die Tür öffnete. Er nahm ungefragt Platz, was die junge Frau nur kurz feststellte. „Ja, wollen sie mich zur Bank begleiten?", fragte Lena, was der Mann mit einem kurzen -Klar doch- quittierte. Bevor Lena weitere Fragen stellen konnte, begann Henner Hellweg „Ich habe mal meine Beziehungen spielen lassen, ohne sie vorher zu fragen". „Macht nichts, ich wollte sie sowieso darum bitten, denn mein System in der Dienstelle gibt nichts her", erklärte Lena.

„Also" begann Henner Hellweg ausschweifend seinen Bericht. „Lukas von Raschkewitz ist wegen einiger Drogendelikte vorbestraft. Ein paar kleinere Vergehen sind noch vor Gericht anhängig. Seine jetzige Meldeadresse ist nicht bekannt. Friedrich von Raschkewitz starb vor über 4 Jahren bei einem Verkehrsunfall auf der Rückfahrt von einer Feier. Sein Hausmeister, ein Herr Schmidt, der ihn wohl abgeholt hatte, verstarb ein paar Tage später. Von Raschkewitz hatte sich somit unfreiwillig einigen Verfahren entzogen, denn

68

etliche seiner Geschäfte, die er im Rahmen der Wiedervereinigung gemacht hatte, entsprachen wohl nicht den westdeutschen Rechtsstandards, gelinde ausgedrückt", beendete Henner Hellweg seine Erläuterungen und trank hastig das Glas Wasser leer, das Lena ihm eingeschenkt hatte.

„Es macht mir alles Angst, wer weiß, was uns erwartet, wenn wir das Schließfach öffnen", antwortete Lena niedergeschlagen, während aus dem Radio Bob Dylans Song: The Times They are A-Changin` erklang.

„Das passt gut", gab Henner Hellweg zu, „die Zeiten ändern sich, und zwar so schnell, dass wir kaum noch durchatmen können, wir müssen auf diesem Schnellzug mitfahren, sonst verpassen wir den Anschluss!" resümierte er warnend und dachte an übermorgen.

******

„Sie hatte wohl nicht schnell genug die Atemmaske anlegen können, oder die Beatmungsflasche war leer, oder die Anschluss-Montur ist defekt…sie ist einfach

69

erstickt" attestierte Dr. Kurt Grubmüller während er den Totenschein ausfüllte und unterschrieb. „Es musste ja irgendwann so kommen, so stark, wie die Dyspnoe war", vervollständigte er seine Diagnose.

Lieselotte von Raschkewitz hatte den Kampf gegen ihre Krankheit verloren. In der Nacht hatte sie der Schöpfer zu sich geholt.

Das Ehepaar Schmidt nahm Lukas mit zu sich ins Wohnhaus, während Hermine versuchte, Friedrich von Raschkewitz zu erreichen. Nach mehreren Versuchen gab sie auf und benachrichtigte Mizzis Mutter, die wiederum Herrn Oswald informierte. Dieser konnte Friedrich von Raschkewitz verständigen, der seine sofortige Heimreise versprach.

Der Sarg mit der Hausherrin wurde in den Leichenwagen geschoben, Friedrich von Raschkewitz verschloss die Türen und langsam fuhr das Fahrzeug über die Allee, passierte das breite Tor und bog rechts ab.

Die Beerdigung fand im kleinen Kreis statt. Auch auf ein gemeinsames Kaffeetrinken danach wurde verzichtet. Friedrich von Raschkewitz bat seinen Prokuristen Herrn Oswald, Mizzis Mutter, das Ehepaar Schmidt und die Haushälterin Hermine zu sich ins Haus, um sich für die geleistete Hilfe zu bedanken. Bei einem kleinen Umtrunk sprachen die Anwesenden dem Hausherrn noch einmal ihr tiefstes Mitgefühl aus.

Alexander, den man umgehend vom Internat nach Hause hat fahren lassen, saß mit Mizzi und Lukas in der Eiche, während Klette wie immer lustlos in der Schaukel hing. Mizzi freute sich über Alexanders Anwesenheit, wenn der Anlass auch überaus traurig war. „Morgen fahre ich wieder zurück", durchbrach dieser sein Schweigen und bohrte Mizzi mit seinen Worten wieder einen glühenden Pfeil ins Herz. Lukas hörte es sich schweigend an und begann den Abstieg aus dem Baum, worauf ihm Mizzi folgte.

Am Abend versuchte die Mutter ihre Tochter zu trösten, was aber nur bedingt gelang. "Warum muss immer alles so traurig sein, Mama?", schluchzte Mizzi. „Das Leben wird immer so sein, einmal ist alles um dich herum schön und blühend, und dann kommen Zeiten in denen ist es kalt und grausam neben dir und es will sich einfach nicht zum Besseren ändern. Doch irgendwann kommt die Sonne wieder hinter den dunklen Wolken hervor und erwärmt dein Herz", versuchte die Mutter ihre Tochter zu beruhigen.

******

Die Bankangestellte prüfte nur kurz den Schließfachschlüssel und das beigefügte Dokument, als
Henner Hellweg für eine Zehntelsekunde zusätzlich seinen Dienstausweis vorzeigte. Man bat sie
hinunter in das Untergeschoss, wo eine weitere
Mitarbeiterin sie in den Schließfachraum begleitete, den Zweitschlüssel in das Schließfachschloss
steckte und mit einem kurzen, knappen -Bitte
schön- den Raum wieder verließ. Lena und Henner Hellweg sahen sich an, der Mann nickte und
gab mit einem „Nu mal los" das Zeichen, das
Lena aufforderte ihren Schlüssel zum Öffnen des
Schließfaches nunmehr einzuführen. Mit zitternden Händen kam sie der Aufforderung nach.
Henner Hellweg zog die massive Schublade aus
dem Fach und legte sie auf den Tisch. Zum Vorschein kamen zwei Briefumschläge. Der kleinere
von beiden enthielt einen handgeschriebenen
Brief. Aus dem größeren Umschlag entnahm Lena
mehrere Computerausdrucke mit Listen, Tabellen, Bankunterlagen und seitenweise Erklärungen. Des Weiteren entnahm Lena einen kleinen
Karton, in dem ein Goldbarren in Samt eingebet-
tet war. Ein Zertifikat lag dabei. „Wir gehen",

72

sagte Lena fast befehlend, packte die Sachen fast panikartig in einen mitgebrachten Aktenkoffer, schob die Metallkiste in das Schließfach zurück und verschloss es.

Mit weichen Knien folgte sie Henner Hellweg zu dessen Fahrzeug. Kein einziges Wort sprachen sie auf der Heimfahrt.

Im Hausflur brach Henner das belastende Schweigen. „Wo wollen sie die Dinge aufbewahren", fragte der Mann besorgt. „Ich weiß noch nicht so richtig…vielleicht", sagte Lena und übergab Henner Hellweg das Kästchen mit dem Goldbarren, ohne sich ihrem Tun bewusst zu sein. „Sie haben noch einen Dienstausweis?" wollte sie wissen?" „Mitgliedsausweis der Polizeigewerkschaft", antwortete Henner Hellweg lächelnd und verschwand in seiner Wohnung.

Erst am späten Abend kamen in Lena leichte Zweifel auf. Wird der Mann sich mit dem Gold absetzen? Nein, sicher nicht, beruhigte sie sich.

Lena konnte ihrer Neugier nicht widerstehen. Das Päckchen mit den Tabellen und Statistiken legte sie beiseite, hier müsste ein Finanzfachmann draufschauen. Den Brief jedoch musste sie unbedingt lesen.

Sehr geehrter Herr, sehr geehrte Frau,

Sie haben das Versteck geöffnet und ich will Ihnen hiermit Sachverhalte schildern, deren Tragweiten am heutigen Tage, dem 27. Juli 1991 sicher noch nicht abzusehen sind. Ich musste diesen Aufbewahrungsort wählen, da zu befürchten ist, dass mein Mann alles findet und noch mehr Leid über unsere Familie bringt.

Doch alles der Reihe nach:

Die Unterlagen über die Finanzgeschäfte des Friedrich von Raschkewitz wurden mir vom Prokuristen und engstem Vertrauten meines Mannes, Herrn Oswald übergeben. Unser Hausmeister Herr Schmidt wurde von mir beauftragt diese, und alle sich neu ergebenden Unterlagen im Schließfach zu deponieren. Herr Oswald hatte wohl sehr lange mit sich gekämpft, bevor er sie mir in Kopie zukommen ließ. Hierin wären nach seinen Angaben ausreichend Beweise für unrechtmäßige Aneignung von Liegenschaften und Grundstücken in den neuen Bundesländern, Transferaktionen von Fördermittel aus dem

Bundeshaushalt, die mein Mann über geheime Kanäle auf seine Konten fließen ließ. Es sind Personen aus Politik und Gesellschaft in den Machenschaften verstrickt, die hier mit Rang und Namen aufgeführt sind. Inwieweit sie, die sie das Schließfach geöffnet haben, diese Tatbestände nunmehr gerichtlich verfolgen lassen, bleibt in ihrer Verantwortung. Ich für meine Person habe das Notwendige getan, wobei mich Herr Schmidt freundlicherweise unterstützte, in dem er die Unterlagen im Schließfach und im Spiegel deponiert und ständig ergänzt hat.

Jetzt zu Familie Schmidt:

Mein Ehemann begleitete seit Jahren regelmäßig eine Wirtschaftsdelegation zur Leipziger Messe. Hierbei lernte er eine Hostess kennen, die für die Betreuung der Herren aus dem Westen abgestellt war. Sie hieß Jutta Krebert und war die Schwester unserer Frau Schmidt. Aus dieser Beziehung wurde der kleine Hans-Jörg geboren. Die Kindesmutter hatte meinen Ehemann als Kindsvater abgegeben. Jutta Krebert verstarb kurz nach der Geburt des Kindes. Die Hintergründe zum Tode dieser Frau wurden der Familie Schmidt seitens der ermittelnden Volkspolizei nie offengelegt. Hans-Jörg wurde von den Schmidts adoptiert.

Jutta Krebert hatte ihrer Schwester kurz vor ihrem Tode von der Vaterschaft des Herrn von Raschkewitz erzählt und wollte diesen auch darauf ansprechen. Ob es dazu kam, ist nicht bekannt. Ein paar Wochen später wurde Frau Schmidt vom Ableben ihrer Schwester ohne Angabe der Todesursache informiert. Noch vor der Wende konnten die Schmidts legal aus der DDR ausreisen. Herr Schmidt suchte umgehend Friedrich von Raschkewitz auf, der ihn daraufhin als Hausmeister einstellte und die Familie in unserem Nebenhaus einquartierte.

All diese Einzelheiten hatte mir Herr Schmidt in vertraulichen Gesprächen mitgeteilt. Meinen Mann habe ich mit den Tatsachen konfrontiert, worauf er anfangs alles abstritt und erst später die Vaterschaft einräumte. Somit hätte Hans-Jörg Schmidt meiner Meinung nach später einmal einen gewissen Erbanspruch. Das zu entscheiden obliegt der Gerichtsbarkeit.

Ich für meinen Teil habe alles getan und möchte meine letzten Jahre mit reinem Gewissen verleben. Ob alles richtig war, vermag ich nicht zu beurteilen.

Den Goldbarren können Sie in Bargeld tauschen und als Ausgleich für Ihre Auslagen nutzen.

Lieselotte von Raschkewitz

Lena war sprachlos, las den Brief zum wiederholten Mal und versuchte sich an Kleinigkeiten zu erinnern, die ihr hätten auffallen müssen, oder die ihr von der Mutter eventuell erzählt wurden. Sie fand keine Hinweise in ihren gedanklichen Erinnerungen, die Aufschluss zu den Schilderungen aus dem Brief geben könnten. Dass es öfter mal Streit im Hause von Raschkewitz gab, war nie zu überhören.

Vielleicht wird die Zeit helfen, sich an Einzelheiten zu erinnern.

Ja Klette, der Sohn der Schmidts, was wohl aus ihm geworden ist, dachte Lena. Den genauen Zeitpunkt, wo sie ihn das letzte Mal sah, konnte sie nicht mehr bestimmen, lediglich an einen hochaufgeschossenen, schlanken Teenager erinnerte sie sich. Nach dem Tod ihrer Mutter hatte sie nur noch ein oder zweimal das Anwesen der von Raschkewitz betreten. Auch zu Alexander und Lukas gab es seitdem keinen Kontakt mehr.

Für Henner Hellweg hatte Lena schon jetzt einen gut gefüllten Auftragszettel für dessen Recherchen im Kopf.

******

Herr und Frau Schmidt begleiteten ihren Sohn zum Haupthaus, stellten den Koffer vor die große Haustür. Mizzi und Lukas saßen in der Eiche und beobachteten die Vorbereitungen für Klettes Abfahrt an die See. Von der Allee her sahen sie das Fahrzeug des Fahrdienstes kommen, das Klette in den Urlaub bringen sollte.

Er stand unter der Eiche, hüstelte kurz und rief den beiden ein kurzes -Auf Wiedersehen- zu. Mizzi antwortete hinunter: „Auf Wiedersehen Hans-Jörg, und schreib mal ne Karte". „Werde ich tun", antwortete Klette und lief zum Haus zurück.

Der Fahrdienstwagen fuhr die Allee hinunter, passierte das breite Tor und bog rechts ab.

„Jetzt gibt es nur noch uns", sagte Mizzi traurig und stieg hinunter, Lukas folgte ihr und sie gingen ins Haus. „Es ist so still", sagte Lukas und sah zum oberen

Stockwerk hinauf, wo noch bis vor kurzem seine Mutter wohnte.

Hermine durchbrach polternd die Stille: „Kommt, Kinder, es gibt was Süßes", und schob die beiden in die Küche, wo ein warmer Apfelstrudel ein köstliches Aroma verbreitete.

Friedrich von Raschkewitz befand sich wie so oft für mehrere Tage außer Haus. Hermine kümmerte sich deshalb um Lukas. Herr und Frau Schmidt standen ihr zur Seite. Für Lukas war diese Situation willkommen, denn so war er nicht den ständigen Maßregelungen und Tadeln seines Vaters ausgesetzt. Seine schulischen Leistungen hatten sich seit Alexanders Auszug rapide verbessert. Der Aufnahme in das Internat würden zumindest nicht sein letztes Zeugnis entgegenstehen. Und um die neue Schule weit weg von zuhause würde er kämpfen, mit allen Mitteln. Nur Mizzi mochte er noch nichts von seinen konkreten Plänen erzählen.

******

„Anscheinend hatte der liebe Herr von Raschkewitz einige Millionen mit Hilfe der Wende an die

79

Seite gebracht und eine Menge an Helfershelfern gehabt, die allesamt mitverdient haben", resümierte Henner Hellweg, nachdem er die Statistiken und Aufstellungen grob überflogen hatte. „Steuerfahndung und die Abteilung Wirtschaftskriminalität hätten ihre wahre Freude daran, doch was solls, er ist tot.", schob er nach, ohne auf Einzelheiten aus den Unterlagen einzugehen.

„Es liegt auf der Hand, warum der Prokurist Oswald die Sachen an Frau von Raschkewitz weitergegeben hatte, er wollte sich nicht länger als Mitwisser selbst belasten", vervollständigte Lena das Gesagte und dachte dabei an ihre Mutter, die ja selbst auch für von Raschkewitz gearbeitet hatte. Ob eine Verstrickung ihrer Person in die Machenschaften der Firma von Raschkewitz realistisch sein könnte, war eher unwahrscheinlich, denn ihre Tätigkeit bestand eigentlich nur in der buchhalterischen Bearbeitung von finanziellen Angelegenheiten, die den Haushalt und der Bewirtschaftung des Anwesens betrafen. Ach, meine liebe Mutter, dachte sie dabei voller Sehnsucht.

Lena reichte Henner Hellweg den handschriftlichen Brief Lieselotte von Raschkewitz, der daraufhin meinte „Es wird ja immer bunter, ob die beiden „echten" Söhne davon wissen, denn das Erbverfahren dürfte ja wohl schon abgeschlossen sein".

„Alles Dinge, von denen wir nur Vermutungen anstellen können. Sollten wir alles verfolgen? Ein Strafverfahren wird es nicht geben, von Raschkewitz ist tot. Und ob Hans-Jörg Schmidt etwas geerbt hat oder nicht, sollte uns doch egal sein", gab Lena zu bedenken.

Henner Hellweg war erstaunt über Lenas konkrete Meinung. „Aber interessant wäre es schon, hier ein bisschen mehr Wissen zu haben. Besuchen sie doch mal den Arzt", schlug er vor. Lena sträubte sich ein Wiedersehen mit Alexander in Betracht zu ziehen. Möglicherweise war er glücklich verheiratet und ihr Erscheinen würde ein mittelschweres eheliches Erdbeben auslösen. Die Tatsache, dass Klette eventuell ein Erbteil einfordern würde, rechnete Lena noch nicht in das möglicherweise aufkommende Chaos ein.

„Und den Goldbarren will ich auch nicht behalten, er gehört mir nicht", wollte Lena die Sache für beendet erklären. „Abwarten", wandte Henner Hellweg ein, „Wer weiß, vielleicht brauchen sie mal ne Menge Bargeld!", warnte Henner Hellweg und verabschiede sich. „Ok, das wars dann für heute, ich melde mich, wenn ich etwas erfahren habe". „Vielen Dank", gab Lena zurück und verschloss die Wohnungstür.

******

Die zwei Wochen, in denen Hans-Jörg Schmidt an der Nordsee seinen Husten auskurierte, nutzten Mizzi und Lukas für ausgiebige Wasserspiele am Bachlauf und am Teich. Keiner der Erwachsenen kümmerte sich mehr um sie. Herr von Raschkewitz war meistens außer Haus, und wenn er zugegen war, nutzte er die Zeit, um mit Herrn Oswald irgendwelche Gewinne und Verluste zu berechnen, wussten sie von Hermine, die ihre naive Meinung damit kundtat.

Außer Mizzis Mutter, die man von oben die Schreibmaschine bedienen hörte, war niemand im Haus. Frau Schmidt, die sich stets für Frau von Raschkewitz zur Verfügung stand, half nur zeitweise im Haushalt aus.

Und dann war Klette wieder da, stand unvermittelt vor der Schaukel, während Mizzi und Lukas in der großen Eiche saßen. Klettes Gesicht strahlte vor

Urlaubsbräune als er ein lautes -Ich bin wieder da-Richtung Baumkrone posaunte.

„Ich seh`s, wolltest du nicht mal ne Postkarte schicken", fragte Mizzi herablassend. „Ja, habs vergessen", gab Klette kleinlaut zu. „Das dachten wir uns schon", wusste Lukas.

Damit war die Konversation für die nächsten Minuten erschöpft. Klette hing wieder lustlos in der Schaukel, Mizzi und Lukas blieben in Eiche hocken und ließen zwischendurch ein paar Eicheln auf Klette regnen.

Erst als Hermine von der hinteren Küchentür aus rief: „Es gibt Waffeln!" bewegten sich die Äste der alten Eiche. Mizzi und Lukas sprangen herunter und Klette verließ die Schaukel.

Die Kinder saßen nun an der Hauswand in der letzten Herbstsonne, Klette 2 m entfernt, und genossen Hermines Köstlichkeiten. „Wie war`s denn an der See?", wollte Mizzi wissen. „Windig" antwortete Klette. „So ist es an der See", meinte Lukas und danach schwiegen sie wieder, bis Klette sie aus dem Schweigen riss:" Ich gehe in einen Fechtverein" sagte er zu Lukas gewandt. „Dein Vater hat mich angemeldet".

******

Lukas von Raschkewitz hatte sich recht schnell in seiner kleinen Wohnung in Leipzig eingelebt. Rechtsanwalt Berger, der ehemalige Rechtsbeistand der Familie von Raschkewitz konnte Lukas im Rahmen des Erbverfahrens auf dessen Bitte hin einen Job in der Kanzlei des befreundeten Kollegen Kastner in Leipzig vermitteln. Seine Aufgaben bestanden in leichter Büroarbeit und in Botengängen zu den Gerichten. Auch bei der Anmietung einer kostengünstigen Wohnung konnte ihm ebenfalls geholfen werden. Hier bot sich die Verbindung zu einem Immobilienmakler an, der ebenfalls zum Bekanntenkreis des Notars Bergers gehörte.

Das kleine Appartement lag in einer Wohnanlage direkt am Clara-Zetkin-Park. Der gesamte Wohnkomplex gehörte einer Immobilienfirma, die die meisten Wohneinheiten an Ärzte und weitere Mitarbeiter einer in der Nähe befindlichen Klinik vermietet hatte.

Den letzten sachbearbeiterfreien Arbeitstag nutzte Lena, um nach Lukas von Raschkewitz und der Familie Schmidt zu forschen. Es ergaben sich keine Anhaltspunkte aus dem Melderegister. „Blöd, dass ich nicht weiterkomme", ärgerte sich Lena und wollte am Abend Henner Hellweg die Recherche überlassen, als sie einen Anruf vom Einwohnermeldeamt Hersburg bekam. „Auf ihre Anfrage hin habe ich mal überregional abgefragt. Es gibt da 2 Treffer, ich schick sie Ihnen per mail", informierte sie ein netter Kollege. Lena war beeindruckt von der schnellen und unkomplizierten Arbeitsweise.

Nur eine Person kam infrage. Hans-Jörg Schmidt, geboren in Leipzig, war kurzzeitig wohnhaft in Hersburg. Ist vor einem Jahr nach Bisslingen gezogen. Bingo, Treffer. Wohnadresse liegt vor.

Lena fertigte einen Ausdruck aller relevanten Daten und klingelte nach Feierabend sofort bei Henner Hellweg. „Wollen Sie Kontakt zu ihm aufnehmen, Bisslingen ist über 300 km entfernt?", fragte er und füllte zwei Gläser Rotwein. Er reichte eines weiter an Lena und gab weiterhin zu bedenken: „Und ihm dann mitteilen, dass er womöglich ein Erbe einklagen kann. Damit würden Sie sicher eine Lunte zum Glühen bringen, deren Folgen vielleicht eine mächtige familiäre Explosion bei den von Raschkewitz wäre!"

Lena war sichtlich betroffen. „Ich muss wissen, wie es den Schmidts ergangen ist, vielleicht lebt Frau Schmidt ja noch", entgegnete Lea aufgeregt, „werde mir die Telefonnummer von Hans-Jörg schon einmal raussuchen".

„Mein Freund Pinne ist an Lukas von Raschkewitz dran. Er hat die Kollegen in Leipzig auf ihn angesetzt, das heißt, sie ermitteln mal so nebenbei inoffiziell seinen Wohnort. Im Rahmen einer Razzia wurde Lukas vor kurzem dort erkennungsdienstlich behandelt. In seinem bisherigen Wohnort war er ohne Angabe einer neuen Meldeadresse abgemeldet worden", konnte Henner Hellweg berichten.

„Eigentlich schon recht viel, was wir jetzt wissen. Wenn ich sie nicht hätte", gab Lena als Lob zurück. „Aber macht es sie nicht stutzig, dass sich momentan viel auf Leipzig konzentriert. Hans-Jörg Schmidt in Leipzig geboren, Lukas von Raschkewitz eventuell in Leipzig wohnhaft. Mysteriös sind diese Zusammenhänge allemal", versuchte Lena die Lage zu erklären. Henner

Hellweg machte sich ebenfalls Gedanken über diese Tatsache, oder war es nur ein Zufall?

„Das nächste Problem wären die wirtschaftlichen Aufzeichnungen aus dem Schließfach. Momentan bin ich überfragt, wen wir in die Prüfung einbeziehen können. Denn wer weiß, welches Erdbeben wir mit der Weitergabe an irgendein Finanz- oder Steuerberater auslösen würden. Der Prokurist Oswald könnte hier vielleicht helfen", schlug er vor.

Die Seniorenresidenz war eine Wohnanlage der gehobenen Klasse. Der großzügige und helle Empfangsbereich ließ auch für den Rest der Räumlichkeiten ein gefälliges Ambiente erwarten.

„Bitte nehmen sie Platz, Herr Oswald hat gerade Besuch. Ich werde sie anmelden", war die freundliche Anweisung der gepflegt gekleideten Hostess.

Nur Minuten später sah Lena einen jungen Mann aus den Fahrstuhlbereich auf sich zusteuern. „Guten Morgen, mein Name ist Peter Oswald, sie möchten meinen Vater besuchen? Um was geht es?", fragte der junge Mann kühl und bestimmt.

Lena wusste im ersten Moment nicht, was sie so schnell antworten sollte, überlegte kurz und erklärte: „Ihr Herr Vater war Prokurist in der Firma von Friedrich von Raschkewitz. Ich habe meine halbe Kindheit auf dessen Anwesen verbracht. Nun sind mir Wirtschaftsunterlagen der Firma zugespielt worden, die Ihr Vater seinerzeit erstellt und archiviert hat. Hierzu hätte ich ihn gerne befragt".

„Es tut mir sehr leid", antwortete der junge Mann, „aber mein Vater wird Ihnen nicht helfen können, er ist seit Jahren dement. Er weiß nicht einmal, wer ich bin".

Lena sah man die Enttäuschung an. „Das ist sehr schade", sagte sie und erhob sich, streckte ihm ihre Hand entgegen. „Dann auf Wiedersehen".

„Doch vielleicht kann ich ihnen helfen", bot Peter Oswald an. „Ich wüsste nicht wie", antwortete Lena, "Es sind komplexe, finanzrechtliche Unterlagen".

„Ich bin Professor an der Universität und lehre Wirtschaftsrecht. Ich könnte mal einen Blick draufwerfen", gab er lächelnd zurück," nehmen sie meine Karte und rufen Sie mich an, wenn Sie

Hilfe brauchen", sagte der junge Mann, verabschiedete sich und ging Richtung Fahrstuhl. Lena fiel verdutzt in den Sessel zurück. Vielleicht habe ich doch etwas Glück und er kann uns helfen, dachte sie.

******

Der Aufenthalt an der See hatte für Klette anscheinend eine wirkungsvolle Heilung gebracht. Seine Hüsteleien waren seltener geworden und auch sein gesamtes Benehmen nach außen zeigte sich offener und selbstsicherer. Er überraschte Mizzi und Lukas mit manchen fachlichen Sichtweisen zu einfachen Sachverhalten. So gab er beiden einen genauen Überblick über das Brutverhalten mancher Vogelarten, und erklärte ausschweifend die Eigenarten des Kuckucks, der seinen Nachwuchs von anderen Vögeln großziehen lässt. „Das alles weiß er von meinem Vater. Er hat`s mir auch irgendwann beigebracht", ließ Lukas Mizzi wissen. „Na, dann wird Klette vielleicht mal Schullehrer werden, und Fechtmeister", sinnierte Mizzi.

Zu Weihnachten war Alexander wieder zuhause. Mizzi hatte es schon vorher von ihrer Mutter erfahren und sich auf das Wiedersehen gefreut. Am 1. Weihnachtstag lud Friedrich von Raschkewitz wieder zu einer opulenten Weihnachtsfeier ein. An der festlich geschmückten Tafel durfte Mizzi neben Alexander sitzen und konnte vor Aufregung beim Essen kaum die Gabel halten. Einer der Plätze war unbesetzt. Hermine hatte ein vollständiges Gedeck aufgelegt und wollte damit die imaginäre Anwesenheit der verstorbenen Hausherrin suggerieren. Friedrich von Raschkewitz nahm es kommentarlos hin.

Der Prokurist Oswald hatte seine Frau und kleinen Sohn Peter mitgebracht, der auf einer dicken Decke am warmen Kamin schlief. Mizzi genoss diese familiäre Stimmung und konnte es kaum erwarten, eines der unter dem riesigen Weihnachtsbaum auf die Kinder wartenden Geschenke in Empfang zu nehmen.

Sie genossen die Feier, während die Erwachsenen nur das Nötigste redeten. Zu sehr schwebte noch der Tod der Hausherrin über alles, und die Sympathie für Friedrich von Raschkewitz war weit unter den Gefrierpunkt gerutscht, obwohl er alle Hilfskräfte der Familie mit einem üppigen Weihnachtsgeld bedacht hatte.

******

Henner Hellweg hatte wieder italienisch gekocht und lobte Lena ganz nebenbei für ihren nimmermüden Enthusiasmus. Lena bedankte sich für die Einladung und genoss den Abend. Ihr Besuch in der Seniorenresidenz war Hauptthema des Abends. „Der Sohn des Prokuristen Oswald machte auf mich einen vertrauenswürdigen Eindruck, und er sollte selbst daran interessiert sein, die Machenschaften Friedrich von Raschkewitz` aufzuklären, auch um die Unschuld seines Vaters festzustellen", erklärte Lena. „Ok, wir werden ihn mit ins Boot nehmen, wann rufen Sie Hans-Jörg Schmidt an?", wollte Henner Hellweg wissen. „Jetzt sofort", antwortete Lena und wollte sich vom Esstisch erheben. „Moment", bremste Henner die junge Frau aus, "erst einmal festlegen, inwieweit wir ihn mit den Sachverhalten konfrontieren". „Ich werde keine Einzelheiten preisgeben, lediglich, dass ich ein paar Dinge erfahren möchte", machte Lena klar.

Mit zitternden Händen wählte Lena die Nummer. „Ja bitte", sagte die Stimme, worauf Lena sofort wieder auflegte. „Ich bin so aufgeregt", entschuldigte sie sich und drückte die Wahlwiederholung. „Ja bitte", hörte sie erneut die Stimme. „Hallo Hans-Jörg, hier ist Mizzi", sprach sie mit leiser

Stimme. Stille…, nur ein leichtes Atmen konnte sie vernehmen. Nach einer Weile: „Mizzi, wie schön. Geht es dir gut?", erkundigte sich Hans-Jörg Schmidt. „Ja, es geht mir gut", antwortete sie und kam gleich zur Sache. „Hans-Jörg, ich bin über Umwege an Sachverhalte und abzuklärende Neuigkeiten gelangt, die auch dich interessieren werden. Wir sollten uns mal treffen. „Neuigkeiten, welcher Art?", fragte Hans-Jörg. „Das alles am Telefon zu erklären, würde den Rahmen sprengen", machte sie ihm klar. „Ja, das sollten wir, ich möchte dann auch einiges geklärt haben", antwortete Hans-Jörg. Lena dachte kurz darüber nach, was es den für Dinge sein könnten, die er geklärt haben möchte und gab zurück: Ok, wann kann ich zu dir kommen?". „Am Sonntag würde es mir passen", willigte Hans-Jörg ein. „Gut, dann kommen wir am Sonntag, so gegen 13:00 Uhr", antwortete Lena. „Wir?", fragte Hans-Jörg. „Ja, mein Bekannter und ich, ich möchte, dass er dabei ist, ich habe leider kein Auto", erklärte Lena. „Verstehe, dann bis Sonntag, ich freu mich", beendete Jans-Jörg Schmidt das Gespräch.

„Gut gemacht", lobte Henner die junge Frau, „ich bin sehr gespannt". „Ich auch", antworte Lena

92

und atmete laut hörbar aus und überprüfte den Sitz ihrer Halskette.

****

Mizzi war sehr traurig, als ihr Lukas eröffnete, dass auch er an einem Internat angemeldet wurde, und sich freute, endlich abzufahren. "Nein, es ist nicht das Internat, in dem Alexander wohnt", stellte er klar.

Die warme Frühjahrssonne versuchte Mizzis Tränen zu trocknen, was ihr jedoch nicht gelang. Nur Klette nahm die Neuigkeit in der Schaukel hängend unbeeindruckt hin.

Auch Hermines Ankündigung, dass der Apfelkuchen fertig sei, konnte Mizzis Stimmung nicht heben.

Am Abend versuchte ihre Mutter das Kind aufzumuntern. „Du weißt, Herr von Raschkewitz möchte, dass seine Söhne studieren, und da ist ein Internat der richtige Platz, um sich vollkommen der Ausbildung zu widmen. Und der Vater ist doch die meiste Zeit unterwegs und hat kaum Zeit. Und wenn er einmal da ist, kümmert er sich ja wie immer um Hans-Jörg", erklärte die Mutter.

„Hans-Jörg soll wohl auch studieren. Er wird eines Tages auch in einem Internat wohnen, dann bin ich ganz allein", antwortete Mizzi unter Tränen. „Ach mein Kind", sagte die Mutter und nahm ihre Tochter schützend in den Arm.

In den Sommerferien verbrachten die Kinder fast jeden Tag miteinander. Hermine versorgte sie ständig mit Delikatessen aus der Küche. Mizzis Mutter betrachtete mit Wohlwollen, dass ihre Tochter Lukas' bevorstehenden Weggang mittlerweile akzeptiert hatte.

An den Tagen, an denen Friedrich von Raschkewitz nicht zuhause war, hörte sie erfreut das laute Lachen der Kinder, wenn sie durch das große Haus tobten, bevor sie sich auf dem Dachboden versteckten.

Dann war es so weit. Die Koffer standen gepackt vor dem Haus. Herr Schmidt hatte den Wagen bereits abfahrbereit geparkt. „Mach's gut Hans-Jörg und schneid dich nicht am Degen ", rief Lukas Klette zu, der an der entferntesten Hausecke lehnte. Lukas nahm Mizzi in den Arm und küsste sie auf die Wange. „Pass auf dich auf Mizzi". „Ja, du auch auf dich", antwortete sie mit weinerlicher Stimme und rannte zur alten

Eiche, deren obere Äste wackelten, als sie sich darin verkroch. Dann sah Mizzi den Wagen über die Allee fahren, bis er das große Tor passierte und nach rechts abbog.

******

Eine besondere Taktik hatten sie sich nicht bereitgelegt. Während der Fahrt sprachen sie nicht allzu viel. Das bevorstehende Treffen sorgte allein für eine erheblich hohe Anspannung. Nach wer weiß wie vielen Jahren sollte sie Klette wiedersehen. Die innerliche Aufgeregtheit wollte ins Unermessliche steigen, als sie den Fahrstuhl betraten, der sie in den 4. Stock des gepflegten Wohnhauses brachte. Auf ihr Klingeln öffnete sich die Wohnungstür und ein junger Mann im Rollstuhl sitzend öffnete ihnen. Lena erschrak bei dessen Anblick und brachte kein Wort hervor. Sie beugte sich zu Hans-Jörg hinunter und drückte ihn wortlos an sich. „Hans-Jörg…ich wusste nicht, dass…". „Woher auch", sagte Klette und reichte Henner Hellweg die Hand, der sich freundlich vorstellte. „Nur herein", antwortete

Hans-Jörg und rollte rückwärts in ein großes, sonnendurchflutetes Wohn-Arbeitszimmer an dessen bodentiefer Fensterfront zwei große Schreibtische mit neuester IT-Technik aufgebaut waren. Baupläne verteilten sich auf den freien Tischflächen. In der hinteren Zimmerecke stand ein Tisch mit einem Wolkenkratzermodell.

„Ich arbeite von zuhause aus", erklärte Hans-Jörg", ich bin Architekt. „Das ist ja toll", antwortete Lena voller Bewunderung und sah den stets hüstelnden Jungen in der Schaukel hängen.

Mit flinken Handgriffen hatte Klette Kaffee bereitet und Lena und Henner Hellweg machten es sich in der großen Sitzlandschaft bequem. „Mizzi, wie schön, nach so vielen Jahren, ich kann es noch gar nicht glauben. Du bist eine sehr attraktive Frau geworden", schmeichelte Hans-Jörg Lena auffallend. „Danke, ich finde du siehst auch gut aus", gab sie das Kompliment zurück. „Es geht mir auch gut,.....außer. Die MS kommt immer öfter in heftigen Schüben...doch deshalb habt ihr mich sicher nicht besucht. Seid ihr zusammen?" wollte Hans-Jörg wissen. „Nein, Herr Hellweg ist mein Nachbar und er unterstützt mich", antwortete Lena direkt. „Unterstützung, wobei?", hakte Klette nach.

96

Lena erzählte, wie sie an den Schließfachschlüssel kam und was sie darin vorfanden. Dann reichte sie Hans-Jörg den Brief von Lieselotte von Raschkewitz. Hans-Jörg nahm das Schreiben und rollte zur großen Fensterfront, holte seine Lesebrille vom Schreibtisch und las den Brief. Lena ergriff Henner Hellwegs Hand und dieser spürte darin den Puls der jungen Frau, der wie ein Vorschlaghammer gegen seine Haut ballerte. Sie sahen, wie Hans-Jörg Schmidt immer tiefer im Rollstuhl versank. Lena sprang auf und versuchte dessen Hände zu greifen. Ein tiefes Schluchzen durchfuhr den halb gelähmten Körper, der sich durch heftiges Schütteln von jedwedem Befall befreien wollte. „Ist schon gut Mizzi", sagte Hans-Jörg kleinlaut, während Henner Hellweg mit einem Glas Wasser aus der Küche kam.

Die nächsten Minuten hüllte eine bleierne Stille die drei ein. Ihre Gedanken fuhren Achterbahn und jeder legte sich etwas zurecht, was die Sprachlosigkeit durchbrechen sollte. „Nun weißt du das meiste", eröffnete Lena die Unterhaltung, „was hast du uns mitzuteilen Hans-Jörg?"

„Ich weiß gar nicht, wo ich beginnen soll", antwortete Klette, „wie du weißt, hat mich Friedrich von Raschkewitz öfter zu sich in sein

Arbeitszimmer geholt, wo er mir dann Nachhilfe in Mathe gegeben hat. Auch in anderen Fächern verbesserte er meinen Wissenstand. Es war alles mit meinen Eltern abgesprochen. Jetzt ist mir klar, warum er das alles getan hat. Erst dachte ich wegen der Nacht", erklärte Hans-Jörg. „Welche Nacht?", fiel ihm Lena ins Wort. „Als Frau von Raschkewitz starb, war ihr Mann nicht zu Hause. Er befand sich irgendwo zu Geschäftsabschlüssen. Doch in besagter Nacht hielt sein Wagen in der Allee. Und nach einer Stunde fuhr er wieder ab. Ich bin damals von dem Scheinwerferlicht geweckt worden, ich habe ihn aber deutlich erkannt, er mich vielleicht auch am Fenster ".

Lena und Henner Hellweg schienen von dieser Aussage wie vom Blitz getroffen. „Dann könnte es sein, dass….", wollte Lena den Satz gar nicht beenden. „dass er beim Tod seiner Frau nachgeholfen haben könnte", vervollständigte Henner Hellweg das Gesagte. Hans-Jörg Schmidt nickte zustimmend, während Lena ihr Gesicht in den Händen vergrub, als wollte sie sich verstecken. Was ist mir nur passiert, dass ich diesen Spiegel in dem verdammten Schaufenster entdecken musste, wer in aller Herrgottsnamen hat mir das angetan, dachte Lena.

Hans-Jörg fuhr seinen Rollstuhl zur Fensterfront und öffnete die große Balkontür, so als wolle er alles Negative aus dem Zimmer fächeln. Ein leichter Windhauch, der frische Luft in die Wohnung wehte, ließ die Gardinen wie ein weißer Schleier um Klettes Gesicht schmeicheln, so als wollte jemand sein wundes Inneres mit schnellen Verbänden heilen.

„Dann noch etwas, was mich nicht loslässt", holte Hans-Jörg erneut aus. „Bekanntlich hat mein Vater seinen Chef von einer Feier abgeholt und das Auto gefahren. Bei dem Unfall kam von Raschkewitz zu Tode und auch mein Vater starb zwei Tage später an den Folgen der heftigen Verbrennungen. Ich wohnte damals noch in der Nähe und war bis zu seinem Tod bei ihm in der Klinik. Mehrmals hatte er leise den Namen Friedrich von Raschkewitz gerufen, so als wolle er wissen, was passiert war und ob sein Chef noch lebt. Bevor sein Herz aufhörte zu schlagen nannte er noch den Namen *Tuckel*, oder *Muckel*, ich habe es nicht genau verstehen können", beendete Hans-Jörg seine Erklärungen, die in den Gesichtern von Lena und Henner Hellweg breite Ratlosigkeit abzeichneten.

„Bei den polizeilichen Ermittlungen zum Unfallhergang wurde lediglich festgestellt, dass das Fahrzeug von der Straße abgekommen war, sich mehrmals überschlagen hatte und anschließend in Flammen aufging. Meinen Vater fand man halbverbrannt außerhalb des Autos, während von Raschkewitz verkohlt noch auf dem Beifahrersitz hing. Mehr hat man mir nicht mitgeteilt", erklärte Hans-Jörg Schmidt völlig ergriffen." „Meine Mutter war 2 Jahre zuvor an Krebs gestorben", schob er hinterher.

Lena war sprachlos und versuchte die richtigen Worte für einen Themenwechsel zu finden, doch die Sachlage forderte eine Fortführung der belastenden Konversation.

„In nächster Zeit habe ich vor, Kontakt zu Alexander und Luka aufzunehmen und sie beide über das Schließfach zu informieren. Ich finde, sie haben ein Recht darauf alles zu erfahren", sagte Lena wobei sie Henner Hellweg ansah, der zustimmend nickte.

„Ich habe keine Ambitionen auf einen eventuellen Erbanspruch, das als allererstes einmal festgestellt. Ob ich "meine Halbbrüder" wiedersehen möchte, weiß ich jetzt noch nicht. Ich muss nun mit mir selbst ins Reine kommen und die Dinge erst einmal verarbeiten", sagte Hans-Jörg ziemlich mitgenommen.

Man versprach in Verbindung zu bleiben und Neuigkeiten sofort auszutauschen. Lena bedankte sich und sie und Henner Hellweg verabschiedeten sich.

„Da von Raschkewitz bei dem Unfall zu Tode kam, frage ich mich, ob wir überhaupt noch irgendwelche Nachforschungen anstellen sollten. Es würde doch reichen, wenn ich Lukas und Alexander von allem in Kenntnis setzen würde und ihnen die gesamten Unterlagen übergebe. Sie können dann selbst entscheiden was damit geschehen soll", schlug Lena vor.

„Ich weiß nicht so recht, ob das eine gute Idee ist. Sollte von Raschkewitz bei dem Tod seiner Frau nachgeholfen haben, wäre eine nachträgliche Ermittlung kaum noch von Erfolg gekrönt. Die Leiche müsste exhumiert werden. Würde man eine richterliche Verfügung hierfür bekommen? Ein Motiv hätte der Herr sehr wohl gehabt.

Bei seinen damaligen Geschäftsabschlüssen könnten möglicherweise weitere Personen aus

Wirtschaft und Politik verwickelt sein, die sich seinerzeit unrechtmäßig bereichert haben und noch heute davon profitieren. Hier dürfte öffentliches Interesse vorliegen und somit müsste es strafrechtlich ermittelt werden. Ob Verjährungsfristen zum Tragen kommen, bleibt dahingestellt. Hier kann uns sicher Professor Oswald helfen, wenn wir es noch wollen", bemerkte Henner Hellweg klipp und klar.

******

Hermine freute sich über jeden Tag, an dem Mizzi ihre Mutter begleitete. Es machte ihr große Freude, wenn das Mädchen bei ihr in der Küche die Schulaufgaben erledigte, gute Verpflegung inbegriffen. Hans-Jörg wartete dann stets vor der Küchenhintertür auf Mizzi. An Tagen, an denen Klette bei Herrn von Raschkewitz war, saß das Mädchen in der großen Eiche und sprach mit Alexander und Lukas, obwohl beide nicht zugegen waren. Sie berichtete vom köstlichen Naschwerk, womit Hermine sie ständig verwöhnte und dass Klette wie immer schlaff in der Schaukel hing und Trockenübungen mit einem Stock als Degen machte. Doch je mehr Monate vergingen, umso schneller ließ auch diese imaginäre Konversation nach. Klette war nunmehr derjenige, der Mizzi immer näher ans Herz wuchs. Daran änderte auch nicht die eine Woche der Sommerferien, in der Alexander und Lukas wieder zuhause waren.

Mizzi und Klette hatten den Bachlauf fachmännisch angestaut, dass sie darin knietief im Wasser standen. Durch die heftigen Regenfälle hatte der Teich einen nie dagewesenen Wasserstand. An den letzten warmen Tagen nutzten sie ihn für ausgiebige Plantschereien.

„Die Stadtverwaltung bietet für die Herbstferien an der Nordsee wieder Kinderferienprogramme an. Das wäre doch auch mal etwas für Mizzi, oder? Ich könnte einen Platz für sie besorgen", fragte Friedrich von Raschkewitz, als er Mizzis Mutter neue, zu bearbeitende Unterlagen reinreichte. „Sie könnte dann mit Hans-Jörg zusammenfahren".

Die Frau schien überrumpelt ob dieser freundlichen Behandlung. „Ja, vielleicht. Ich werde es mir überlegen", antwortete Mizzis Mutter, um die Situation möglichst schnell zu beenden. „Sollten sie zusagen. werde ich alles Notwendige in die Wege leiten", erklärte von Raschkewitz und verließ das Büro.

„Möchtest du mit Hans-Jörg in den Ferien an die See fahren?", fragte Mizzis Mutter am Abend ihre Tochter. Mizzi war überrascht und fragte besorgt zurück:" Dann bist du ganz allein. Ach ja, ich bin noch nie verreist", freute sie sich. „Dann werde ich Herrn von Raschkewitz zusagen", legte die Mutter fest. „Mama, und du", erneuerte Mizzi ihre Besorgnis. „Ich werde in den 14 Tagen viel Überstunden machen und Rückstände aufarbeiten, da verdiene ich auch etwas mehr, und ich kann dir auch ein reichliches Taschengeld mitgeben", beruhigte sie ihre Tochter.

Mizzi konnte nicht einschlafen, so sehr beschäftigte sie die Aussicht das erste Mal in ihrem Leben zu verreisen. An die See, und dann auch noch mit Hans-Jörg Schmidt. Ein größeres Glück war für das Mädchen momentan nicht vorstellbar. Auch Hermines Köstlichkeiten müssten hintanstehen. Erst spät in der Nacht brachte ihr die Glückseligkeit einen tiefen Schlaf.

Am Bahnsteig versammelten sich sämtliche Kinder, die an die See fahren sollten. Mizzis Mutter weinte, nahm ihre Tochter noch einmal herzlich in die Arme, während Herr Schmidt die Koffer der beiden Kinder in das Zugabteil trug. Frau Schmidt erkannte die Besorgnis, die aus Mizzis Mutters Gesicht sprach. „Es wird schon *alles gut werden, die Kinder werden sich prächtig er-holen"*, beruhigte Frau Schmidt die Frau. *Mizzi und Klette winkten aus dem Fenster, als der Zug den Bahn-hof verließ.*

******

Der Abend mit Franziska war mehr oder weniger eine Qual für Lena, aber sie musste ihre Freundin nach langer Zeit mal wieder einladen und einen Abend mit ihr verbringen. Viel zu oft hatte sie Ausreden benutzt, um einer Zusammenkunft aus dem Weg zu gehen. „Du hast dich verändert Lena", kritisierte Franziska, worauf Lena keine Antwort hatte. Die ganze Angelegenheit um das Schließfach ließ sie unerwähnt. Franziska war be-leidigt und zickte den ganzen Abend herum. Lena beendete unvermittelt den Abend, indem sie ihre Freundin bat, sie allein zu lassen.

Die Wohnungstür fiel ins Schloss und Lena war allein. Doch fühlte sie sich nicht so allein, wie es sonst der Fall war. Sie wusste, eine Etage tiefer wohnt jemand, der ihr beisteht, für sie da ist, wenn sie Hilfe braucht. Liebe? Nein Liebe war es nicht, was sie an ihn band. In Henner Hellwegs Gesellschaft fühlt sie jedoch eine nie dagewesene Entspannung, eine Gelassenheit, die sie leichter atmen ließ. Seine Augen, es waren seine ehrlichen Augen, von denen sich Lena hat verzaubern lassen. Es ihm gestehen? Nein, das wird sie nicht tun. Sie war nur froh, ihn an ihrer Seite zu haben.

Die Begegnung mit Hans-Jörg Schmidt hallte noch sehr lang nach. Doch nun besprach sie mit Henner Hellweg die nächste Zusammenkunft mit einer Person aus ihrer Kindheit. Alexander von Raschkewitz, den Mizzi unbeschreiblich verehrt und geliebt hatte. Es verging damals kein Abend an dem sie nicht beim Zubettgehen an ihn gedacht, und den lieben Gott um besonderen Schutz für ihn gebeten hatte. Und nun sollte sie ihn nach so vielen Jahren wiedersehen. Henner Hellweg spürte die Ungeduld in Lena, die nach einer anstrengenden Arbeitswoche auch am Wochenende kein Fünkchen Ruhe ausstrahlte. Ihr Dampfkessel stand unter Hochdruck, den Henner versuchte zu reduzieren. „Nun entspannen sie sich mal, vielleicht möchte er kein Treffen und hat mit allem Vergangenen bereits abgeschlossen". „Das glaube ich nicht, wir werden sehen", entgegnete Lena und griff zum Telefon.

„Hier von Raschkewitz", klang eine fordernde Stimme aus dem Hörer. Henner, der mithören konnte, legte die Stirn in Falten. „Hallo Alexander, hier ist Mizzi", sprach Lena erwartungsvoll. „Mizzi, das, das glaub ich jetzt nicht. Mizzi, du? Wirklich?", fühlte sie Alexanders ungespielte Verblüffung. „Ja, Alexander, ich bin's wirklich, und ich möchte dich mal treffen, es ist wichtig", antwortete Lena und schilderte in Kurzfassung den Grund für das Treffen, worauf Alexander von Raschkewitz ohne Zögern einwilligte und den nächsten Mittwoch als praxisfreien Tag vorschlug. Man verabredete sich zu einem Kaffeetrinken im Cafe' Rosenkranz am Theaterplatz. Lena war froh, dass sich Alexander sofort kooperativ gezeigt hatte und fühlte eine leichte Entspannung in sich aufsteigen. „Wir sollten dann zeitig fahren, dort in der Innenstadt ist immer ne Menge Verkehr ", schlug Henner Hellweg vor. Lena war einige Minuten still und formulierte dann vorsichtig:" Wenn es Ihnen nichts ausmacht, Henner, würde ich gerne allein gehen. Aber wenn sie mich fahren würden". „Klar, fahre ich. Kein Problem, ich werde in der Zeit meiner alten Dienststelle einen Besuch abstatten. Liegt ja in der Nähe", antwortete Hellweg, worauf Lena erleichtert durchatmen konnte.

******

Mizzi spürte die Veränderung in Klette, der eine nie dagewesene Offenheit an den Tag legte. Beim Wettbewerb um die schönste Sandburg stand er triumphierend vor seiner erstklassig gelungenen Burg, für die er den ersten Preis gewann und hocherfreut die Urkunde in die Luft streckte.

Die beiden hatten eine großartige erste Woche, was Mizzi ihrer Mutter voller Freude am Telefon berichtete. Diese zeigte sich erleichtert, dass ihre Tochter kein Heimweh hatte und die Ferien somit vollkommen genießen konnte.

Während den Mahlzeiten im Ferienheim ging eine Betreuerin durch die Reihen und achtete auf Tischmanieren. Sie korrigierte mit strengen Worten die Handhabung von Messer und Gabel und hatte dabei immer wieder Hans-Jörg Schmidt im Blick, den Mizzi bei unfairer Behandlung lautstark in Schutz nahm, was ihr so manche Strafe, wie Tellerwaschen und Müll entsorgen einbrachte. Der Heimleiter registrierte jedoch mit Wohlwollen Mizzis außergewöhnliches soziale Engagement und beauftragte sie mit manch wichtigen

Tätigkeiten, wie das Führen der Gruppen zu den einzelnen Unternehmungen und Spielen. Zum Ende der Ferien bekam sie dafür eine Urkunde, die sie bei Ankunft auf dem Anwesen der von Raschkewitz stolz ihrer Mutter präsentierte. Diese stellte eine gesunde Hautfarbe und ein auflebendes Äußeres an ihrer Tochter fest, und war im Nachhinein froh, dem Vorschlag des Fridrich von Raschkewitz zugestimmt zu haben.

Dieser hatte sich in der Ferienzeit der Kinder besonders intensiv um Mizzis Mutter gekümmert. Es war ihr manchmal peinlich, dass sogar Hermine aufhorchte, wenn der Hausherr sie ansprach und um Erledigung verschiedener Aufträge bat. Es hatte den Anschein, als wolle er Mizzis Mutter umgarnen, denn er legte eine nie dagewesene Freundlichkeit an den Tag, die weit über das bisherige Maß eines Chefs hinausging. Mizzis Mutter jedoch blockte jeden Annäherungsversuch vehement ab, gab von Raschkewitz nicht im Entferntesten das Gefühl bei ihr landen zu können.

****

Aktenablage war die stupideste Arbeit, die sich Lukas von Raschkewitz nur vorstellen konnte.

109

Treppauf, treppab und immer den Arm voller Akten. Der Lift, der sonst bis ins Kellergeschoss fuhr, war wegen Wartungsarbeiten noch für 2 Tage außer Betrieb.

Der ältere hinkende Herr mit dem Gehstock hatte Mühe, die Anwaltskanzlei im 3. Stock über die Treppe zu erreichen. Lukas, der auf dem Rückweg vom Kellergeschoss war, machte Anstalten ihn mit schnellen Schritten zu überholen. „Hallo Herr Bergmann", erkannte Lukas den Immobilienmakler, der ihm das Appartement vermietet hatte. „Ja, hallo, ich muss ihren Chef besuchen, hab' da ein paar säumige Mieter", erklärte der ältere Herr kurz angebunden, als Lukas ihm die Tür zur Rechtsanwaltskanzlei öffnete. „Herr Bergmann, der Chef erwartet sie, sie wissen......" rief ihm die Empfangsdame zu. „Ja, ich weiß Bescheid", unterbrach er die junge Frau, und betrat, ohne anzuklopfen das große Besprechungszimmer. Lukas hörte, wie der Seniorchef ihn duzend begrüßte „Hallo Konrad, was kann ich für dich tun", bevor die Tür sich schloss. Lukas wunderte sich über einfache Kleidung des Immobilienmaklers, der angeblich massenweise Häuser mit vielen Wohneinheiten besaß, und ein Freund des Rechtsanwalts war.

110

Vielleicht hätte ich mein Erbe auch in Immobilien investieren sollen und nicht in die windigen Anlageblätter von Hutchinsons. Glücklicherweise habe ich wenigstens noch etwas auf dem Festgeldkonto, dachte Lukas.

Die Billard-Stube war schon seit längerem sein zweites Zuhause. Hier hatte sich ein Freundeskreis gebildet, in dem Lukas schnell integriert war. Mit Roman Selke, der mindestens 15 Jahre älter war, kam Lukas am besten aus. Selke hatte nach eigenen Angaben als Jugendlicher wegen versuchter Republikflucht in Bautzen eingesessen und war kurz vor der Wende freigekommen. In den Unterhaltungen brachte er immer wieder Nuancen des Erlebten ein, und ließ stets sein Ansinnen auf Rache aufhorchen. Ein Freund aus der damaligen Clique hatte ihn anscheinend denunziert. Lukas war fasziniert von der Lebenserfahrung und vom starken Willen dieses Mannes, und er bot Selke jedwede Hilfe an, um dessen Vorhaben in die Tat umzusetzen. „Und ich kriege auch den, der meine Mutter auf dem Gewissen hat. Ich habe gute Verbindung zu ehemaligen Stasi-Leuten", gab Selke Lukas zu verstehen, ohne auf nähere Einzelheiten einzugehen. Lukas vermied die Frage, ob sein neuer Freund eventuell nach seiner

Haftentlassung als Inoffizieller Mitarbeiter für die Stasi tätig war.

******

Alexander von Raschkewitz war sichtlich erfreut, als er Mizzi herzlich in die Arme schloss. „Mizzi, nach so einer langen Zeit sehe ich dich wieder, es ist so schön", begrüßte er die junge Frau. „Ja, Alexander ich freue mich auch sehr, du siehst gut aus", antwortete sie ehrlich ergriffen und wischte sich kleine Tränen aus den Augen. „Ich weiß gar nicht, wann wir uns das letzte Mal gesehen haben, ach, Mizzi, komm", sagte er und nahm sie erneut in den Arm. Nur die Bedienung des Cafés störte diese intensive Wiedersehensfreude. „Zwei Prosecco, das müssen wir feiern", orderte Alexander die Getränke. „Mizzi, wie geht es dir, was machst du, bist du verheiratet, hast du Kinder?", trommelte Alexander der jungen Frau die Fragen entgegen. „Nichts dergleichen, doch es geht mir gut, ich bin Prassenberg in der Stadtverwaltung tätig, ein kleines Städtchen, ich bin zufrieden", erklärte Lena. „Da wohnst du ja nur 80 km von mir entfernt. Ich bin auch noch nicht lang hier, habe eine Praxis nicht weit von hier übernommen", antwortet Alexander. „Ja, ich habe es in der Zeitung gelesen, und seit einigen Wochen habe ich mir vorgenommen dich zu treffen. Es ist wichtig, besonders für dich und Lukas", begann Lena ihre Erklärungen und schilderte, wie sie in den Besitz des Schließfachschlüssels gelangt ist. „Ja, der Spiegel, ich erinnere mich, den muss Lukas verkauft haben, denn ich habe ihm im Erbverfahren das gesamte Inventar und die Möbel zum Verkauf überlassen", entgegnete Alexander. „Ja, das ist noch nicht alles, diese Sachen befanden sich im Schließfach", sagte Lena äußerst gehemmt und übergab als erstes den Brief seiner Mutter.

Alexander las die Zeilen, sein Gesicht verfärbte sich in ein aschfahles Grau und seine feinen Finger legten zitternd den Brief auf den Glastisch. Wortloses, erbarmungsloses Schweigen hing über den beiden gerade noch voller Freude sich in den Armen liegenden Menschen. „Das bedeutet, das bedeutet, dass Klette unser Bruder ist, Halbbruder…", brachte Alexander stotternd hervor. „Ja, so ist es, und da es ihn auch betrifft, habe ich ihn bereits aufgesucht. Keine Angst, er nicht an irgendein Erbteil interessiert", gab ihm Lena zu verstehen. Sie berichtete vom Besuch bei Hans-Jörg Schmidt, vermied aber den Sachverhalt mit den Scheinwerfern in der Nacht, als Lieselotte von Raschkewitz verstarb. „Das tut mir leid mit Klette's Krankheit", bedauerte Alexander aufrichtig. Lena nickte nur kurz und reichte ihm die Wirtschaftsunterlagen vom Prokuristen Oswald.

„Ja, das passt zu meinem Vater", gab Alexander zu. „Er war immer schon ein narzisstischer Egoist, der alles aus dem Weg räumte, um ans Ziel zu gelangen. Doch ist es bedeutungslos, denn, wie du sicher weißt, ist er vor Jahren tödlich verunglückt, und die Wirtschaftsdelikte könnten verjährt sein".

„So ist es. Doch die Mitläufer und Mitverdiener blieben bisher unbehelligt. Wenn du sagst, ich soll die Unterlagen nicht weitergeben, werde ich es akzeptieren", gab Lena zu verstehen. Ich habe zu Lukas noch keinen Kontakt, er sollte auch alles erfahren". „Auf jeden Fall, ich gebe dir seine Adresse und Telefonnummer. Er wohnt seit einiger Zeit in Leipzig, und arbeitet bei einem Rechtsanwalt, ich werde Lukas von unsrem Treffen berichten, ok?", fragte Alexander und schilderte in groben Zügen das bisherige Leben seines Bruders. „Ja, ist in Ordnung. Ich freue mich drauf, ihn bald

114

zu treffen", sagte Lena und vergaß nicht, ihre Beziehung zu Henner Hellweg und dessen Rolle in all den Verstrickungen zu erwähnen. Beide schwärmten noch von den alten Zeiten und Alexander schlug vor, ein gemeinsames Treffen mit Lukas zu organisieren, was Lena bejahte. Nach einer herzlichen Verabschiedung verließ Lena trotz des freudigen Wiedersehens das Café mit gemischten Gefühlen.

Henner Hellweg wurde von allen Seiten herzlich begrüßt, als er die ehemalige Dienststelle betrat. Aus allen Büros rief man „Na, Helle, alles ok, du kannst dich auch nicht trennen, altes Haus". Es machte ihn stolz, dass er ohne Groll aus dem Dienst geschieden war und zu allen Kollegen ein gutes Verhältnis gepflegt hatte. So konnte er sich über die herzlichen Begrüßungen aufrichtig freuen. Sein ehemaliger Kollege Pinne umarmte ihn und fragte nach dem neusten Stand der Angelegenheit, mit der er und Lena sich beschäftigten. Henner Hellweg unterrichtete seinen Freund über das Treffen mit Hans-Jörg Schmidt und dass Lena mit Alexander von Raschkewitz momentan im Café am Theaterplatz sitzt. „Na, da kam ja Einiges zum Vorschein, und dann die

Verdächtigungen des Hans-Jörg Schmidt gegenüber des Friedrich von Raschkewitz", bilanzierte
Pinne. „Ich bin gespannt was noch kommt",
schob er nach. „Beim letzten Besuch in der Klinik
hörte Hans-Jörg Schmidt den Vater mehrmals den
Namen, oder die Bezeichnung *Muckel* oder *Tuckel*
oder ähnlich flüstern. Sagt dir das irgendwas",
fragte Hellweg seinen Freund, der stirnrunzelnd
den Kopf schüttelte. „Nein, sagt mir nix. Ich
werde mich aber mal im Kollegenkreis erkundi-
gen", meinte Pinne worauf beide die Cafeteria
aufsuchten, um von alten Zeiten zu schwärmen.

Lena konnte während der Heimfahrt neue Informationen über Lukas Raschkewitz vorweisen,
was Henner Hellweg mit großem Erstaunen quittierte. „Sehr gut, wieder ein paar Puzzle-Steine
mehr in unserem Rätsel". Sie berichtete von dem
überaus herzlichen Wiedersehen und der Absicht
Alexander von Raschkewitz' ein gemeinsames
Treffen abzuhalten. „Ja, das ist eine gute Idee,
wird sicher interessant", stellte Henner Hellweg
fest.

******

Zu Weihnachten konnten sie alle wieder beisammen sein. Alexander und Lukas waren aus ihren Internaten heimgekehrt und berichteten von Erlebnissen und neuen Freunden. Mizzi und Hans-Jörg hörten aufmerksam zu und beide fühlten sich ein wenig minderwertig, was den schulischen Werdegang betraf. Friedrich von Raschkewitz hatte sich bereits kurz nachdem seine Söhne eingetroffen waren, Lukas zu sich geholt und ihm eine gehörige Standpauke verpasst. Es war dem Vater mitgeteilt worden, dass sein Sohn wiederholt gegen die Internatsregeln verstoßen hatte. Die Internatsleitung drohte im Falle der Wiederholung ein Ausschluss von allen schulischen Veranstaltungen und die sofortige Rückreise zur Familie zu verhängen. Lukas nahm den massiven Rüffel unbeeindruckt hin, schwieg als ihn der Vater zur Rede stellte und zeigte sich auch nach den Feierlichkeiten gleichgültig, was die Anweisungen seines Vaters betraf.

Erst als die Kinder im verschneiten Garten umhertobten, war er entspannt und genoss es wieder mit Mizzi , seinem Bruder und Klette zu spielen. Letzterer hatte etwas abseits damit begonnen, Schneeblöcke zu einem Iglu aufzuschichten. „Was wird das denn", rief ihm Lukas zu, was Klette nur mit einem abschätzigen Blick quittierte. Die anderen Kinder starrten gebannt auf die

Konstruktion, die Klette da still vor sich hinbaute. Und es wurde ein Iglu, wenn auch nicht gerade von besonderer Architektur. Aber er bot Klette Platz, der gar nicht mehr wieder herauskriechen wollte. Er steckte den Kopf heraus und rief den anderen zu: „Früher lebten die Eskimos in solchen Schneehäusern. Der Schnee hält den Innenraum gegen die Kälte ab. Er dämmt die Wand hervorragend, so bleiben die Temperaturen innen konstant", kroch aus seiner Behausung und ging Richtung Wohnhaus. Verblüfft wollten die Kinder nicht glauben, was sie da gehört hatten. Klette gab ungefragt etwas von sich. Mizzi erzählte daraufhin von den Erlebnissen in dem Ferienlager. Besonders ausgiebig schilderte sie Klette's Sieg im Sandburgen bauen, was Lukas und Alexander noch mehr Respekt abverlangte. Sprachlos und beeindruckt schüttelten sie den Kopf.

******

Romas Selke prahlte mit seinen Verbindungen zur Stasi und versprach allen, die ihm und seiner Familie geschadet hatten, eine Lektion zu erteilen, von der sie sich niemals mehr erholen würden.

Doch momentan hatte er anderweitige Probleme. Seine Vermieterin hatte ihm die Wohnung gekündigt. „Wegen Eigenbedarf, möchte wissen für wen. Ihre Kinder leben im Ausland. Doch seit kurzem bekommt die doofe Kuh immer Besuch von sonem Gigolo. Na, da wird die Bude für den sein", ärgerte sich Selke. „Irgendwo werde ich schon was finden".

„Ich könnte mich ja mal umhören", bot Lukas sich an. „Wir können uns unterhalten, wenn ich aus Berlin zurück bin", gab er Lukas zu verstehen. „Berlin?" fragte Lukas. „Ja, ich habe dort geschäftlich zu tun. Willste mitfahren, am Wochenende?", fragte Selke. „Klar, ich fahr mit", antwortete Lukas abrupt.

Die Pension lag am Stadtpark in Lichtenberg. Die kleinen Zimmer waren einfach eingerichtet, aber alles war sauber und ordentlich. Selke schien hier Stammgast zu sein, denn am Empfang wurde nur -Abrechnung wie gehabt- vereinbart, was Lukas ziemlich erstaunte.

„Wir haben noch 3 Stunden Zeit bis zu meinem Termin, ich hau mich noch mal aufs Ohr", sagte Selke und verschwand in seinem Zimmer.

Das -*Last Paradies*- war beileibe nicht der von Lukas erwartete Schuppen mit dunklen Gestalten und rauchiger Luft. Hier tummelten sich in feinem Zwirn gekleidete Banker und Neureiche, die nach der Arbeit noch einen Absacker nahmen, bevor sie ihren Porsche durch das automatische Tor in die heimischen Garagen fuhren.

Lukas kam sich absolut fehl am Platze vor, während Selke durch die Reihen ging und fast jeden mit Handschlag begrüßte. Das Etablissement schien eine Schaltzentrale für den Austausch von Information für Wirtschaft und Politik zu sein, und wir mittendrin, dachte sich Lukas und ließ sich noch einen Whiskey servieren, den einer der Herren spendiert hatte.

„Na, Kumpel, alles ok", hörte Lukas und spürte einen kräftigen Schlag auf der Schulter. „Ja, alles in Ordnung, warum sind wir hier", wollte er von Selke wissen.

„Weißt du", begann Selke, „in dieser Zeit ist der, der über die richtigen Informationen verfügt,

120

stets der Erste. Informationen sind teuer und wertvoll nicht nur für Lobbyisten, auch für mich. Ich bin es meinem Vater schuldig". „Verstehe ich nicht", gab Lukas zurück. Selke fuhr fort:" Meine Eltern besaßen damals einige Grundstücke, die schon über mehrere Generationen im Familienbesitz waren. Durch das DDR-Regime wurden sie enteignet und nach der Wende sollten die Ländereien wieder in den Besitz meines Vaters zurückfließen. Besonders wichtig waren die Flächen, die in der Nähe einer Klinik lagen, denn es war abzusehen, dass das Krankenhaus erweitert würde. Ein windiges Konsortium aus Finanzmaklern und Investoren hatten ihn durch betrügerische Manipulationen und rechtswidrigen Vertragsabschlüssen hintergangen und verdienten Millionen, während mein Vater dabei so gut wie leer ausging. Ein paar Monate später nahm er sich das Leben. Und ich will die Bande finden, das heißt, was noch übrig ist von denen. Ist ja schon ein paar Jährchen her", beendete Selke seinen Vortrag trank das Glas in einem Zug leer und hielt Lukas einen Umschlag unter die Nase. „Und hier, hier habe ich neue Infos, die mich vielleicht weiterbringen. Noch einen..", sagte er und schob der Bedienung sein leeres Glas hin.

Auf der Rückfahrt nach Leipzig tauschten sie Ereignisse und Begebenheiten aus der Kindheit aus und amüsierten sich über manche jugendlichen Schandtaten. Sie verabschiedeten sich als Selke Lukas vor dem Appartementhaus absetzte. Lukas hob noch einmal winkend die Hand und verschwand im Treppenhaus.

Selke startete sein Fahrzeug, bog sofort wieder ab und parkte sein Auto am Straßenrand. Er stieg aus, und ging langsam und die Umgebung beobachtend durch die großzügig angeordneten Wohnanlagen. Von weiter hinten stieg der Qualm aus den hohen Schornsteinen des Heizwerks vom Klinikum Neue Mitte in den klaren Nachthimmel.

******

Die Sommerferien mussten Mizzi und Klette allein verbringen. Lukas und Alexander verbrachten die Zeit bei Freunden, deren Eltern im Ausland über ansprechende Feriendomizile verfügten. So mussten sich die Daheimgebliebenen allein beschäftigen. Auch Hermines Köstlichkeiten oder ein Zoobesuch konnte nicht für die Abwesenheit der Jungen entschädigen.

Dementsprechend oft blieb Mizzi zuhause, oder unternahm etwas mit ihrer Freundin. Immer seltener begleitete sie ihre Mutter, selbst Hermine fiel ihre oftmalige Abwesenheit auf und fragte nach dem Befinden der kleinen Mizzi. „Ach Hermine, die kleine Mizzi ist älter geworden und hat jetzt auch andere Interessen und auch Freundinnen in ihrer Schulklasse mit denen sie gerne zusammen ist", erklärte die Mutter. Hermine zeigte Verständnis und brachte der Mutter ein großes Stück Apfelkuchen -mit lieben Grüßen- für Mizzi. „Da wird sie sich sehr freuen", bedankte sich die Mutter.

Wenn Friedrich von Raschkewitz auf Geschäftsreise war, ging Hans-Jörg seinem Vater bei der Gartenarbeit zur Hand und sog die Erklärungen zu den einzelnen Gewächsen in sich auf. Seine Wissbegier kannte keine Erholung. Und war der Hausherr zugegen, durfte Klette in der Bibliothek alles über die Pflanzen in den einzelnen Literaturhinweisen nachlesen. Aber am meisten interessierten ihn die Bauwerke der Ägypter und die Erfindungen großer Entdecker. Insbesondere war er fasziniert von Galileo Galilei oder Leonardo da Vinci. Von Raschkewitz staunte, wie oft und wie viele Stunden Hans-Jörg damit verbrachte, die Werke der einzelnen Wissenschaftler zu studieren.

„Aber das können wir doch nicht bezahlen, ein Internat für Hans-Jörg", war die Antwort des Herrn

123

Schmidt, als Friedrich von Raschkewitz den Eltern den Vorschlag unterbreitete. „Es wäre schade, wenn wir ihn nicht förderten, er zeigt so viel Interesse und ist so intelligent", versuchte der Hausherr Hans-Jörgs Eltern umzustimmen, und versprach eine finanzielle Unterstützung. „Wir werden es uns überlegen und mit unserem Sohn sprechen", versicherten sie.

******

Alexander von Raschkewitz hatte nach mehrfachen Versuchen seinen Bruder endlich erreicht. In kurzen Worten schilderte er das Vorhaben, sich mit Mizzi zu treffen, die einige Neuigkeiten -für uns alle- erfahren hat, das zu erklären am Telefon nicht passen würde. „Ich komme zu Euch. Ist mir recht. Du müsstest mich mal untersuchen...Ich hab da n Problem. Ich werde sehen, wie ich es zeitlich einrichten kann und rufe dich an", schloss Lukas das Telefonat.

Alexander war zufrieden, dass Lukas sofort zugestimmt hatte, machte sich gleichzeitig Sorgen über den Hinweis für eine Untersuchung. Er unterrichtete Mizzi, und versprach sich zu melden, sobald ein Termin in Aussicht ist. „Von Klette habe ich Lukas nichts erzählt, werde ich auch nicht im Vorhinein tun. Er sollte aber bei dem Treffen dabei sein", schlug Alexander vor. „Ich werde ihn informieren", versprach Lena.

.

„Ich könnte mal nachfragen, ob mein Vermieter noch etwas zu vermieten hat. In meinem Haus sind sicher noch Wohneinheiten frei", bot Lukas Roman Selke seine Hilfe an." Du wohnst nicht schlecht", aber noch hab ich ja etwas Zeit mit dem Auszug. Aber fragen kannst du ja mal", bedankte sich Selke.

Nach ihrem Berlin Trip hatte er sich das gesamte Areal rund um den Zetkin-Park genauer angesehen. Eine angenehme Wohngegend, direkt an Leipzigs grüner Lunge. Mit herrlichen Wanderwegen an den Elster-Flutgräben. Wunderbare Anpflanzungen zeigten ein blühendes Blumenmeer auf wohlgeformten Rabatten.

Eigentlich keine Wohngegend für meine Gehaltsklasse, dachte Selke und machte sich Gedanken, wie Lukas von Raschkewitz seine Wohnung bezahlen konnte.

„Ich habe geerbt und mein Geld angelegt, und mein Chef zahlt ganz gut. Naja, und vielleicht spielen gute Beziehungen eine Rolle, mein Chef und der Makler sind gute Freunde", erklärte Lukas. „Was haben denn die neuen Informationen ergeben", wollte er wissen. „Ach, die muss ich erst einmal auswerten. Da sind so viele Namen und Firmen aufgelistet. Das wird dauern.", antwortete Selke und legte das Billiard Queue unter den Zeigefinger der linken Hand, da, wo das Schlangen-Tattoo auf seinem Handrücken endete.

Lenas Arbeitseifer kannte zurzeit keine Grenzen. Ihre Motivation war seit den Besuchen bei Klette und Alexander erheblich gestiegen. Sie schlief fast jede Nacht durch und war nicht mehr von bösen Befürchtungen in die Enge getrieben. Sie hatte klare Sicht durch ihre Gedankenfenster, nichts war mehr verschwommen, sie hatte ihr Inneres voll im Griff.

Als besondere Fügung hatte sie die Bekanntschaft mit Henner Hellweg für sich eingeordnet. Ohne dass sie sich gegenseitig zu erdrückten, traf man sich hin und wieder auf ein Glas Wein oder einem guten Essen. Sie empfand eine behagliche Verbundenheit, wenn sie gemeinsam an einem Tisch saßen und angenehme Konversation pflegten.

Noch immer war die Situation um die Wirtschaftsunterlagen aus dem Schließfach, wenn auch nur nebenbei ein oft gewähltes Gesprächsthema.

„Ich verstehe zwar nicht viel davon. Aber eines bin ich mir sicher. Friedrich von Raschkewitz hat Millionen gescheffelt. Und seine Verbündeten aus Politik und Wirtschaft haben mitverdient, vermute ich mal", manifestierte Henner Hellweg. „Die Söhne müssen dann kräftig geerbt haben, das Haus, das Anwesen, die Konten hier und in der Schweiz", legte er nach. Lena dachte darüber nach, wie schön es immer bei den von Raschkewitz war. Die herrlichen Gartenzimmer mit den verschiedenen Gewächsen. Das herrschaftliche Haus mit den schlossähnlichen Erkern und Türmchen. Ja, das war alles sehr wertvoll für mich, resümierte sie.

„Das Anwesen ist sicher sehr gewinnbringend veräußert worden", meinte Lena, was Henner mit klarem Nicken bejahte.

Der Anruf kam während ihrer Mittagspause. „Lukas kommt am nächsten Donnerstag und bleibt übers Wochenende", gab Alexander von Raschkewitz bekannt, was Lena wohlwollend zur Kenntnis nahm.

Noch am Abend informierte sie Hans-Jörg Schmidt, der sich einverstanden erklärte, an dem Treffen teilzunehmen.

„Dann kann ja gar nichts mehr schief gehen, außer sie zerfleischen sich gegenseitig" meinte Henner Hellweg mit leichtem Lächeln. Lena fand das gar nicht witzig, nahm aber Henners Entschuldigung sofort an.

****

Mizzi saß in der alten Eiche während Klette in der Schaukel hing, sich drehte, sodass die Haltetaue sich über seinem Kopf zu einer Spirale formten. Danach ließ er sie frei und die Schaukel spulte sich mit Schwung wieder in die Ausgangsstellung. Diese Prozedur

128

wiederholte er monoton mehrmals, bis Mizzi von oben rief: „Davon wirste ja betrunken". „Ich weiß, darum probiere ichs ja, mal sehen, wie es mir geht, wenn ich dann aufstehe", schrie Klette zurück und schon lag er auf der Wiese. „Mein Gleichgewichtssinn ist schwer durcheinander nach den Drehungen", erklärte er. Mizzi war zum wiederholten Male sprachlos. Erst kürzlich hatte er sie mit der Festigkeit von Hühnereiern überrascht. Klette hatte sie mit einem Versuch verblüfft, bei dem er demonstrierte, wieviel kg Gewicht ein einzelnes Ei aushält.

„Ich werde auch auf ein Internat gehen, nach den Sommerferien", rief er Mizzi zu, die bei dem Gehörten fast aus dem Baum fiel. „Was tust du?", vergewisserte sie sich noch einmal. „Ich gehe nach den Sommerferien auf ein Internat", wiederholte Klette.

Die Zweige der alten Eiche wackelten heftig, als Mizzi den Abstieg begann. „Ist das dein Ernst?" wollte sie wissen. „Ja, es ist die Wahrheit. Ich bin angenommen", gab Klette kleinlaut von sich. Mizzi rannte geschockt zum Wohnhaus, wo Hermine sie an der Küchenhintertür abfing. „Nu mal langsam mit den jungen Pferden", hielt sie das Mädchen fest und wischte ihm mit der Schürze die Tränen aus dem Gesicht. „Alle verlassen mich, ich bin bald ganz allein", schluchzte sie. Hermine nahm sie in den Arm und fand darauf keine *tröstenden Worte, denn auch sie fühlte, wie sich das große Haus mehr und mehr in eine stille, menschenleere Ruine verwandelte. Bald wird kein lautes Kinderlachen mehr durch die große Empfangshalle und dem Treppenhaus lärmen. Keine freudig erregten Kindergesichter würden sie mehr anstrahlen, wenn sie sie mit süßen Köstlichkeiten beglückte. Es werden traurige Zeiten, dachte Hermine.*

****

„Deine Rückenschmerzen sollten wir im bildgebenden Verfahren abklären. Ich werde einen MRT-Termin für dich ausmachen", sagte Alexander, nachdem er seinen Bruder untersucht hatte. „Außer den Rückenschmerzen gibt es keine Beschwerden?", forschte der Arzt nach. „Mal etwas Bauchweh, aber das geht vorbei....meistens, und dieses MRT lasse ich in Leipzig machen, sofort, wenn ich wieder zuhause bin", antwortete Lukas. Alexander stimmte zu, nahm sich jedoch vor, seinen Bruder an die notwendigen Untersuchungen zu erinnern.

130

„Für morgen zu unserem Treffen habe ich auch Hans-Jörg Schmidt eingeladen", begann Alexander das Gespräch mit seinem Bruder. „Klette, warum Klette, was hat der mit unserer Familie zu tun?", wollte Lukas wissen. „Tja, anscheinend gehört Hans-Jörg Schmidt schon seit seiner Geburt zu unserer Familie", erklärte Alexander und berichtete von den Seitensprüngen des Vaters. „Das sieht ihm ähnlich, ich glaube Mutter hat es immer geahnt und ihn deshalb mit viel Schweigen bedacht", entgegnete Lukas und nahm die Neuigkeit erstaunlich gelassen hin.

„Nein, es ist schon ok. Ich gehöre nicht dazu", sagte Henner Hellweg, als Lena ihm offerierte, dass sie nicht gemeinsam zu dem Treffen gehen werden. Um Lena nicht unnötig aufzuregen, vermied er, ihr die Neuigkeit mitzuteilen, von dem ihm sein Freund Pinne am späten Abend noch unbedingt berichten musste.

Das Treffen sprengte alle möglichen Plattitüden, die man einem Wiedersehen von Freunden zugrunde legen könnte. Es war getragen von ehrlicher Herzlichkeit und wahrer Freude. Das Séparée im Café am Theaterplatz bildete hierfür das passende Ambiente. Hans-Jörg Schmidt, der von einem persönlichen Begleiter in den Raum gefahren wurde, war wohl der einzige Teilnehmer, den man eine heftige Aufgeregtheit vom Gesicht ablesen konnte. Er fühlte sich durch die Vaterschaft des Friedrich von Raschkewitz in diese Familie hineinkatapultiert.

Nachdem Lukas von Raschkewitz alle Inhalte des Schließfaches zur Kenntnis genommen hatte, warf er die Unterlagen verächtlich auf den Tisch und sagte gleichgültig: „Was solls, der Alte ist tot, alles andere ist geregelt!", und spielte dabei auf einen eventuellen Erbanspruch seitens Hans-Jörg Schmidts an, der den Wink sofort aufnahm und festzustellen verlangte, dass er keinerlei Ambitionen auf einen Erbschaftsanteil habe.

„Es geht also einzig und allein um die wirtschaftlichen Aufzeichnungen des Prokuristen Oswald", legte Alexander fest. „Mizzi hat die Möglichkeit diese Dinge durch einen Universitätsprofessor unabhängig von einer strafrechtlichen Verfolgung prüfen zu lassen", ergänzte er.

„Na klasse, dann nix wie ran. Dann werden vielleicht einige Köpfe rollen", feixte Lukas. Sein Bruder Alexander stimmte nur zögernd zu und meinte:" Gut, dann soll Mizzi den Goldbarren offiziell in Bargeld tauschen und damit die Unkosten decken. Natürlich nur, wenn du das alles auf dich nehmen willst Mizzi", worauf Lena zustimmte, und eine sofortige Veranlassung versprach. Die Jungen bekamen von den Unterlagen jeweils Kopien, um bei Nachfragen entsprechend informiert zu sein.

Man beendete die Zusammenkunft und verabredete sich für ein gemeinsames Abendessen in „Paolo's Restaurant".

Die Stimmung war sehr entspannt. Lukas und Alexander freuten sich ehrlich über die Karriere, die Klette als Architekt vorweisen konnte. „Naja, da hat der Alte ja mal ein gutes Werk getan, als er deine Eltern für dein Internat finanziell unterstützte", Lukas musste diesen nicht gerade freundlichen Hinweis einwerfen, was die Anwesenden jedoch vollkommen ignorierten, um die gute Stimmung nicht kippen zu lassen.

Man ließ viele alte Geschichten Revue passieren und hob insbesondere Hermine hervor, die eine große Rolle im damaligen Verwöhnprogramm spielte. Alle das Schließfach betreffenden Umstände wurden nicht mit einer Silbe angesprochen, obwohl in allen Köpfen der Verdacht herumspukte, dass Friedrich von Raschkewitz seine Ehefrau eventuell eigenhändig zu Tode gebracht haben könnte.

Der Abend klang in allerseitiger Zufriedenheit aus. Sie versprachen in fester Verbindung zu bleiben und bei neuen Informationen einen Rundruf zu starten. Die Verabschiedung war, wie das Wiedersehen, von Herzlichkeit geprägt.

Die innere Gewissheit, alles richtig gemacht zu haben, schenkte Lena einen ausgiebigen, tiefen Schlaf.

******

Hausmeister Schmidt sorgte mit seinem ausgesprochenen gärtnerischen Talent dafür, dass das Anwesen nicht gar zu sehr in eine deprimierende Öde verfiel. Während draußen alles grünte und blühte, zeigte sich das Innere des Hauses trist und leblos. Nur wenn

Mizzis Mutter die Schreibmaschine bediente und Friedrich von Raschkewitz im Hause war, kam ein wenig Leben in die Räume.

Die Jungen kamen immer seltener in den Internatsferien nach Hause. Auch Mizzi, die mehr und mehr zu einem jungen Fräulein heranreifte, verbrachte die Schulferien meistens bei Freundinnen oder in Ferienlagern, was die Mutter zum Anlass nahm, den Arbeitsaufwand mit Überstunden zu erledigen. Die neue Schule, in die Mizzi nunmehr ging lag etwas weiter von deren Wohnort entfernt, sodass auch deshalb die Besuche im Hause von Raschkewitz häufig unterblieben.

Friedrich von Raschkewitz hinterließ für seine auswärtigen Geschäftsabschlüsse jeweils nur die entsprechenden Hoteladressen. Und bei dessen Abwesenheit kam immer öfter der Prokurist Oswald ins Haus, um dem Hausmeister Unterlagen zu übergeben. Dabei vergaß er nie bei Mizzis Mutter einen Kaffee zu trinken und dabei oberflächliche Gespräche über die Geschäfte ihres Chefs zu führen. Mizzis Mutter wunderte sich sehr über die häufigen Besuche des Herrn Oswald und über dessen Kontakte zum Hausmeister, ermahnte sich aber sofort, dass sie das alles doch nichts anginge. Es werden sicher Anordnungen des Herrn von Raschkewitz *sein, die die beiden Herren miteinander zu besprechen haben, dachte sie.*

******

Universitätsprofessor Peter Oswald freute sich, die gutaussehende junge Dame erneut begrüßen zu können. „Ja, ich weiß, die Unterlagen, die mein Vater über von Raschkewitz gesammelt hatte. Sollen wir sie analysieren und aufarbeiten? Haben sie sich entschieden", fragte er Lena.

„Ja wir haben uns entschieden. Es sollte ermittelt werden, inwieweit von Raschkewitz in kriminelle Machenschaften verwickelt war, und wer außer ihm noch von den Geschäftsabschlüssen profitiert hatte, beziehungsweise jetzt noch daran verdient. Auch alle weiteren Einzelheiten, die eine strafrechtliche Relevanz aufzeigen, ohne auf Verjährungsfristen einzugehen, müssten herausgestellt werden,", führte Lena aus. Peter Oswald nickte und gab Lena zu verstehen: „Neben meiner Tätigkeit an der Uni bin ich leitender Mitinhaber einer Sozietät für Wirtschaftsrecht. Um all diese Sachverhalte aus den Unterlagen zu bearbeiten und zu recherchieren, benötige ich die Hilfe meiner Angestellten, die nicht kostenlos arbeiten. Da alles auch meinen Vater betrifft, schlage ich vor, dass wir uns die anfallenden Kosten teilen". Lena willigte ein und übergab alle Unterlagen mit der Bitte um äußerste Diskretion, um nicht im Vorfeld schon etwaige krummen Hühner aufzuscheuchen. „Das versteht sich von selbst", bekam sie als Antwort.

Am Abend unterrichtete sie die Jungen telefonisch von der Beauftragung, und erntete ausgiebiges Lob. Nur Lukas hielt sich ein wenig bedeckt, ohne auf Lenas konkrete Nachfrage einzugehen. Sie wollte dem jedoch keinerlei Bedeutung zumessen.

„Ich hatte sowieso das Gefühl, als hätte er an der Aufklärung kein Interesse, weil der Vater verstorben ist, aber nun geht alles seinen Gang und ich bin auf die Ergebnisse gespannt", sagte Lena, als sie Henner Hellweg von dem Vierer-Treffen berichtete. Dieser wartete mit einer Neuigkeit auf:" Der Vater von Hans-Jörg Schmidt hatte ihm bevor er in der Klinik verstarb, den Namen Tuckel oder Muckel genannt. Diesen Typen scheint es in der Gegend wohl doch zu geben. Mein Freund Pinne hat ermitteln können, dass ein Wohnungsloser,

137

den alle Muckel nennen, dort von Zeit zu Zeit auftaucht und sich durch Gelegenheitsarbeiten auf Baustellen oder privaten Gärten etwas Geld verdient. Dann verschwindet er, um ein paar Wochen später wieder aufzutauchen. Ein harmloser Kerl, aber vielleicht hat er etwas gesehen. Wenn Herr Schmidt auf dem Totenbett seinen Namen nennt? Pinne wird am Ball bleiben, und ihn befragen, wenn er wieder auftaucht?", erklärte Henner Hellweg. Lena nahm diese Neuigkeit gelassen hin. Die Tatsache, dass der Hausmeister Schmidt und Friedrich von Raschkewitz bei dem Unfall zu Tode kamen, macht doch alle Nachforschungen nutzlos, dachte sie. Ihr entging aber nicht, dass Henner Hellweg hier noch erheblichen Wissensdurst hatte, denn mit immer mehr Fragen fokussierte er den Unfall in seine Ermittlungen. Hellweg wollte versuchen, die damaligen Unfallberichte und Gutachten einmal einsehen zu können.

******

„Im Moment habe ich leider keine Wohnung frei", erklärte Makler Bergmann, nachdem Lukas ihm Namen und Alter seines Freundes genannt hatte, schloss den Karteischrank, humpelte zurück zu seinem Schreibtisch und lehnte den Krückstock an das Tischbein. Lukas wiederholte den Umstand, dass dem Freund wegen Eigenbedarfs gekündigt wurde. „Aber in meiner Etage sind doch einige Appartements unbewohnt", wandte er ein. „Diese Wohneinheiten muss ich für Praktikanten des Klinikums freihalten. Ich bin vertraglich daran gebunden", antwortete Bergmann. „Und außerdem habe ich nur an Sie vermietet, weil der Rechtsanwalt, bei dem Sie arbeiten, zu meinen guten Freunden zählt", warf er hinterher.

Lukas spürte den Unwillen und die Abneigung, die Bergmann in seinem äußeren Gehabe zeigte. Er verließ enttäuscht das Maklerbüro. Vorbei an der Sekretärin und den anderen Mitarbeitern ging er hinaus. Im Treppenhaus schrie er „Arschloch" gegen die rohen Betonwände.

Nachdem Lukas das Büro verlassen hatte, griff Makler Bergmann zum Telefon. „Wir müssen reden", ließ er seinen Gesprächspartner wissen, wobei die große Narbe an seiner Schläfe auffallend nervös zuckte.

„Kann man nix machen", sagte Selke und klopfte Lukas dankend auf die Schulter. „Ich werde schon etwas finden". Lukas hätte ihm gerne eine Wohnung besorgt und fluchte noch nachträglich über den doofen Makler.

„Nein, soooo dooof ist der wohl gar nicht", entgegnete Selke. In Berlin habe ich Aufzeichnungen erhalten, die belegen, dass dieses gesamte Wohngebiet und der Neubauteil des Klinikums seinerzeit von einem Wessi-Konsortium aufgekauft wurden. Es hatte längere Zeit gedauert, bis man mit der Bebauung anfangen konnte, da die Böden teilweise stark belastet waren. Ein Großteil des Areals war Stadteigentum. Im südlichen Bereich des Gebietes lagen die Grundstücke meiner Eltern, die in den Bebauungsplan eingearbeitet wurden. Es waren landwirtschaftlich wertvolle Geländeteile, die aus Naturschutzgründen gar nicht bebaut werden durften. Die Ländereien hatte die Stadt im Eilverfahren umgewidmet und gleichzeitig die Bebauungssperre aufgehoben. Alle entsprechenden Gremien spielten mit. Der

Bodenpreis wurde auf das Minimum gedrückt und mein Vater sozusagen zwangsenteignet. Die vormals brisanten Bodenanalysen für alle infrage kommenden Ländereien beinhalteten plötzlich nur noch geringe Schadstoffanteile, worauf die Bebauung sofort gestartet wurde. Hierfür haben Land und Bund erhebliche finanzielle Förderungen geleistet, deren rechtmäßige Verwendung nie überprüft wurde. Es ist davon auszugehen, dass auch dein Makler Bergmann in diese gesamte Machenschaft von damals verwickelt ist", führte Selke aus.

„Rechtlich dürfte das ja wohl alles ok gewesen sein, sonst hätten die das Verfahren doch wohl nicht durchgekriegt", meinte Lukas, worauf Selke nur laut lachte und sich heftig auf die Oberschenkel klopfte. „Mein Gott, bist du naiv. Das hier in Leipzig ist wohl nur die Spitze des Eisbergs. Es ist nur das, was mich und meine Familie betrifft. Mein Verbindungsmann will noch weitere Erkenntnisse über sonstige Machenschaften der Clique liefern", vervollständigte Selke.

Lukas von Raschkewitz war beileibe nicht naiv. Er wollte sein eigenes Wissen in Bezug auf die brisanten Papiere aus dem Schließfach dem Freund noch nicht offerieren.

Morgen stand erst einmal die MRT- Untersuchung an. Sein Bruder Alexander hatte ihn mehrmals telefonisch daran erinnert.

******

Die Auswertung der damaligen Unfallberichte ergab keinerlei Anzeichen für Unstimmigkeiten oder Versäumnisse der ermittelnden Beamten. Man hatte durch Nachfrage bei der Haushälterin des Friedrich von Raschkewitz erfahren, dass der Hausmeister zum Abholen seines Chefs zum -Palais Rouge-, einem Nobelrestaurant in der Stadt, aufgebrochen war. Da bei solchen Treffen mit Geschäftspartnern immer gerne etwas mehr getrunken wurde, wollte sich der Chef lieber abholen lassen. Wo er doch meistens gerne selbst fuhr, und eigentlich fast nie Alkohol trank, wunderte sich die Hausdame schon. Nachforschen im Restaurant hatten ergeben, dass von Raschkewitz kräftig angeheitert gewesen sei, und der Hausmeister ihn gegen 00:30 Uhr an der Rezeption abgeholt und seinen Chef auf den Beifahrersitz bugsiert habe.

Die Berechnung der Fahrtstrecke unter Berücksichtigung der Geschwindigkeitsbeschränkung und der Unfallzeitpunkt lagen absolut im normalen Verhältnis.

Als Ursache wurde menschliches Versagen konstatiert. Das Fahrzeug war anscheinend durch einen Fahrfehler von der Straße abgekommen, eine Böschung heruntergerollt und Sekunden später in Flammen aufgegangen. Der auf dem Beifahrersitz befindliche Friedrich von Raschkewitz muss sofort tot gewesen sein. Hausmeister Schmidt konnte sich aus dem Auto befreien und starb später im Krankenhaus an den Folgen der massiven Brandverletzungen. Andere Verkehrsteilnehmer, die einige Minuten später zum Unfallort kamen, berichteten, dass das Fahrzeug bereits im Vollbrand stand, sodass ein Rettungsversuch für den Beifahrer unmöglich war.

Henner Hellweg schloss die Akte, verstaute seine Notizen und löschte das Licht im Aktenraum des Polizeipräsidiums. Am Eingangsbereich verabschiedete er sich mit leichtem Tippen an die Stirn vom diensthabenden Pförtner. Auf der Heimfahrt ließ ihn ein Gedanke nicht los -warum hatte sich von Raschkewitz abholen lassen, obwohl er fast nie Alkohol trank-.

„Vielleicht sollte ich Alexander mal danach fragen", schlug Lena vor, als Henner Hellweg ihr seine Gedanken verriet. „Oder es gab noch etwas Wichtiges zu besprechen, oder wer weiß was sonst, oder wer weiß wohin die Fahrt gehen sollte, möglicherweise nicht nach Hause", mutmaßte Hellweg und hätte gerne noch einige -wer weiß- angefügt.

„Tot ist tot", beendete Lena das Gespräch und legte Henner Hellweg eine dampfende Pizza auf den Teller, während er einen italienischen Rotwein aus der Flasche befreite.

Der zweifelnde Blick, den er Lena für ihr Statement erwiderte, war so offensichtlich, wie der Rotwein rot war. Bevor sie sich setzte, strich sie ihm übers Haar und gab ihm unvermittelt einen knappen Kuss auf die Wange.

In der Nacht fühlte Henner Hellweg immer noch Lenas Lippen kurz seine Wange berühren. Seine Finger ertasteten die Stelle und transportierten ein wohlig warmes Gefühl in sein Inneres.

******

Es sollte das letzte gemeinsame Weihnachtsfest sein, das Mizzi im Hause von Raschkewitz verleben sollte. Die Söhne hatten sich angesagt und auch Hans-Jörg wollte kommen. Mizzi konnte ihre Vorfreude kaum im Zaum halten. Ihre Mutter wunderte sich über die plötzlichen kindlich anmutenden Gesten, die sie an den Tag legte, als sie erfuhr, dass alle kommen würden. Die letzten Monate zeigte sich Mizzi doch als fast frühreifer Teenager, dem anscheinen alle kindlichen Züge abhandengekommen waren. Besonders der Umgang mit den Mitschülern in der neuen Schule hatte sie erwachsener werden lassen.

Sie drückte die Jungen besonders herzlich, als sie das Haus betraten. Friedrich von Raschkewitz hatte einen Partyservice mit der Anlieferung eines ausgesprochen opulenten Festessens beauftragt. Hermine schien davon sehr angetan zu sein und hatte schon rote Bäckchen vom ersten Glas Champagner veuve_clicquot . Erstmalig konnte sie, ohne etwas arbeiten zu müssen, an einer Feier teilnehmen.

Es war ein ausgesprochen gemütlicher Weihnachtsabend. Die Kinder überschlugen sich gegenseitig in den Schilderungen von Erlebnissen. Von allen Seiten wurden die guten Noten beklatscht und auch Mizzi konnte ohne Internatszugehörigkeit mit guten schulischen Leistungen punkten. „Und das alles ohne finanzielle Unterstützung", musste Lukas loswerden, worauf Klette ohne Worte den Raum verließ. Von einer Sekunde auf die andere legte sich eine lähmende Stille über die Gesellschaft, daraufhin stellte selbst die Musikanlage die Arbeit ein. „Das musste nicht sein, Lukas," kritisierte Friedrich von Raschkewitz relativ zurückhalten das Verhalten seines Sohnes. Lieber hätte er ihm eine schallende Ohrfeige verpasst. Die Feier war damit beendet, denn auch Familie Schmidt entschuldigte sich für ihr frühzeitiges Verlassen des Festes. Mizzi und ihre Mutter schlossen sich an, während Hermine damit begann Geschirr und Gläser abzuräumen. Familie Oswald blieb noch, weil Friedrich von Raschkewitz dem Prokuristen die Unterlagen für eine Eigentumswohnung mit dem Hinweis übergab, dieses mit Mizzis Mutter zu besprechen, da dieser Kauf im Bereich Privateigentum abzurechnen sei.

Nachdem der Hausherr mit seinen Söhnen Alexander und Lukas allein war, teilte er ihnen mit, dass er nun noch öfter außer Haus sein würde, und beabsichtige seinen Hauptwohnsitz in die neuen Bundesländer zu verlegen. „Hier zuhause bleibt alles so wie es ist", erklärte er. „Zuhause? was für ein Zuhause ist es denn", kritisierte diesmal der ältere Alexander seinen Vater. „Es ist und bleibt Euer Zuhause, wohin Ihr jederzeit zurückkommen könnt, wann immer Ihr wollt. Und ich *bin der, der Euer Leben finanziert, Euch das Sprungbrett schafft für eine anspruchsvolle berufliche Karriere, die Euch später ein sorgenfreies Leben ermöglichen kann, wenn Ihr etwas dafür tut. Und diese Zeit ist jetzt und später im Studium", gab der Vater seinen Söhnen ultima ratio zu verstehen. Mit diesen drastischen Aussagen entfernte er sich noch weiter von der inneren Bindung zu den beiden.*

Am nächsten Tag standen die Koffer der Söhne vor dem Haus. Herr Schmidt fuhr das Auto vor, um Lukas und Alexander zum Bahnhof zu fahren, während Klette lustlos in der Schaukel hing. Die Jungen schauten noch einmal zurück, Klette hob die Hand und winkte ihnen hinterher. Das Fahrzeug fuhr über die Allee, passierte das breite Tor und bog rechts ab.

Hermine verbarg ihr Gesicht in den Händen, wischte sich die Tränen aus den Augen und verschwand durch die Küchenhintertür ins Haus.

******

Roman Selke hatte Ihn im Visier. Diesen windigen Makler mit dem leicht schiefen Gesicht, und der großen Narbe an der Schläfe, der sich trotz Gehstock hinkend schneller bewegte als der Kellner in Selkes Kneipe. Er folgte dem großen Jaguar in gehörigem Abstand, bis das Fahrzeug in einer sich automatisch öffnenden Garage verschwand. Selke stieg aus und sondierte die nähere Umgebung rund um die schicke Villa aus den 1900 Jahren. Hinter den bewachsenen Mauern konnte er 2 Gärtner beobachten, die eine weitläufige Grünfläche bearbeiteten. Ansonsten schien niemand auf dem Grundstück zu sein.

Sein Beifahrer blieb im Fahrzeug und projizierte die Sicherheitseinrichtungen des Gebäudes über einen Scanner auf den Bildschirm seines Laptops. Unendliche Reihen von Zahlen und Buchstaben rauschten übers Display, bis eine Codeserie alles stoppte und ein breites Grinsen auf das Gesicht des Beifahrers brachte.

Als Selke in das Fahrzeug stieg hielt ihm sein Kumpel den Computer vor die Nase. „Eine Walther 97/pro Alarmanlage mit Fingerprint, die den Hauseingang sichert, den Zugang ins Haus von der Garage aus, sowie einen weiteren Raum im hinteren Obergeschoss, der hat jedoch eine zusätzliche Zahlencodierung", gab er Selke fast freudig zum Lesen. „Das heißt, wir brauchen seine Finger". „Exactement", war dessen knappe Antwort. „Das müsste sich doch machen lassen, oder", fragte Selke zurück. „Aber sicher", konnte ihm sein Kumpel beruhigen.

Sie hatten sich vorgenommen, dem Makler demnächst einen Besuch abzustatten. Selke vermutete in dem Haus Unterlagen die Hinweise über die seinerzeitigen Grundstücksgeschäfte, und die darin verwickelten Personen geben könnten.

Nachdem sich Lukas von Raschkewitz nach der MRT- Untersuchung wieder angekleidet hatte, erwartete ihn der Radiologe zum Gespräch. Eine leichte Nervosität in ihm wollte nicht weichen.

„Ein Tumor in der Größe einer Haselnuss direkt an der Wirbelsäule drückt zeitweise auf den Nerv und verursacht Ihre Rückenschmerzen", diagnostizierte der Arzt. „Ob es sich um eine gut- oder bösartige Geschwulst handelt, kann erst nach der Operation abgeklärt werden", vervollständigte der Radiologe. „Eine Operation, geht es nicht ohne?" wollte der geschockte Lukas wissen. „Auf jeden Fall würde ich persönlich zur Operation raten, denn Wachstum und Schmerzintensität werden sich mit der Zeit verstärken". attestierte der Arzt. „Genauere Verläufe und alles zu einer Operation wird Ihnen ein Neurochirurg erklären".

„Ich rate Dir dringend zur Operation und werde Dir einen kompetenten Kollegen empfehlen. Es wird alles gut werden", versuchte Alexander seinen Bruder zu beruhigen. Das Telefonat konnte jedoch die sorgenvollen Gedanken in Lukas nicht vertreiben.

******

Alexander von Raschkewitz erzählte Lena nichts über Lukas' Erkrankung. Mit dem Anruf wollte er lediglich die allgemeine Lage abfragen. „Nein, momentan gibt es nichts Neues. Die Unterlagen werden zurzeit geprüft. Sobald ich etwas erfahre, werde ich anrufen", erklärte Lena. „Danke Mizzi", antwortete Alexander und ging nochmals auf das Treffen ein, das doch einen wahrlich positiven Ausgang hatte. Außerdem berichtete er auf Lenas Nachfrage über seine erfolgreiche Arbeit in der Praxis und über das außergewöhnlich gute

Verhältnis zu seiner Kollegin Dr. Bianca Dreier. „Ich glaube, alles in allem geht es dir gut und du bist zufrieden. Ich gönne es dir sehr", meinte Lena offen und ehrlich. „Wenn du mal in der Stadt bist, melde dich einfach, dann gehen wir n Kaffee trinken", bot er an. „Das werde ich tun, bis bald Alexander", beendete sie das Gespräch.

Henner Hellweg hatte einen ausgiebigen Spaziergang durch die weitläufige Parkanlage genossen. Sein Bein machte heute wenig Probleme, was besonders Betti gefiel, denn so konnte sie alle Spazierhunde begrüßen und musste sich auch nicht mit dem Geschäftchen beeilen. Gutgelaunt begegneten sie Lena im Treppenhaus. Lena freute sich und entschuldigte sich dafür, dass sie sich in der letzten Woche rar gemacht hatte. „Momentan bin ich arbeitsmäßig ziemlich eingespannt. Wollen wir heute Abend zusammen essen? Ich koche!", bot sie an. „Gerne Lena", sagte Henner und beide sahen hinunter zu Betti, die sich ebenfalls schwanzwedelnd freute.

Ihr Vitello Tonnato ist einfach Spitzenklasse", lobte Henner Hellweg aufrichtig Lenas Kochkünste. „Ja, es war wirklich gut", bestätigte sie und schenkte Rotwein nach. „Wollen wir uns nicht duzen", überraschte Henner die junge Frau. „Sehr gerne", antwortete Lena und besiegelten die Abmachung mit einem kurzen Kuss und Lena schob ihre Halskette unter den Kragen.

Unvermittelt wurde wieder das Hauptthema angeschnitten. „Dieser „Muckel" ist schon seit ewigen Zeiten nicht mehr gesehen worden", warf Henner in den Raum. „Muckel?", fragte Lena, um sofort zu bejahen, "Ach ja, dieser Typ, der ständig umherreist. Es beschäftigt dich, dass der sterbende Herr Schmidt kurz bevor er starb diesen Namen oft nannte", wollte sie wissen. „Ja, es geht mir nicht aus dem Kopf", sagte Henner und verschränkte antwortfordernd die Arme vor der Brust. „Gibt es einen vollständigen Namen? War er jemals polizeilich aufgefallen? Habt ihr ihn in eurer Kartei?" „Nein, keinerlei Erkenntnisse, aber es gibt eine Ortschaft, in der er sich angeblich häufiger aufgehalten hatte, vielleicht sollte man dort mal nachfragen", antwortete Henner. „Klar, das machen wir, in der nächsten Woche habe ich einen freien Tag. Wir fahren hin" legte Lena fest.

Kehrbach, ein kleiner Ort inmitten eines herrlichen Naturparks zeigte sich als herausgeputzter Teilnehmer des Wettbewerbs „Unser schönes Dorf". Eine behagliche Ortsmitte mit gemütlichen Sitzgelegenheiten umrahmt von blühenden Rabatten schmückte die verkehrsberuhigte Zone. Das Wirtshaus hatte bereits unter schönen Sonnenschirmen mehrere Tischreihen eingedeckt. Eine Kellnerin legte Speisekarten aus. Sie begrüßte Lena und Henner mit dem Hinweis, dass die Küche erst in einer halben Stunde öffnet, sie aber schon mal Getränke servieren könne.

Lena und Henner genossen die Situation, beobachteten die Menschen, die mittlerweile den Platz bevölkerten. „Hat es Ihnen geschmeckt", wollte die freundliche Bedienung wissen. „Es war köstlich", erwiderte Henner. „Kennen sie einen „Muckel", fragte er ohne Vorwarnung. „Muckel, klar, den kennt hier doch jeder. War aber schon lang nicht mehr hier. Was wollen sie den von dem Penner", war ihre abschätzige Frage. „Nichts Wichtiges", gab Henner zurück. „Am Ortsausgang, der Schillerhof, dort hat er meistens geholfen und auch übernachtet, fragen se da mal nach. Das ist der Hof mit den 2 großen Kastanien vorm Tor", sagte die Bedienung, nahm das Trinkgeld und ging zum Nebentisch. Henner Hellweg und Lena bedankten sich verließen die Ortsmitte.

Der Schillerhof war ein großer Vierseithof, der landwirtschaftlich nicht mehr bearbeitet wurde. Man hatte sich vollständig dem Tourismus verschrieben. Nett dekorierte Hinweisschilder gaben Auskunft über freie Zimmer und zeigten dem Interessenten Preisübersichten und Attraktionen der Region.

„Suchen sie ein Zimmer, ich bin gleich bei Ihnen", rief eine weibliche Stimme aus dem geöffneten Eingangsbereich. Die sich die Hände am Handtuch abtrocknende Besitzerin begrüßte die beiden und bot ihnen einen Platz auf der knochigen Holzbank an. „Nein danke, wir brauchen kein Zimmer, wir hätte gerne etwas über „Muckel" gewusst", antwortete Henner.

„Ach der Muckel, war schon seit Jahren nicht mehr bei uns. Ist vielleicht ausgewandert. Das hat er immer schon vorgehabt. Ich geh nach Amerika, schwärmte er immer. Vielleicht hat er's wahr gemacht, obwohl......Geld hat er keines gehabt. Hat hier immer mal geholfen", sagte die Hofbesitzerin. Lea fragte nach dem richtigen Namen, ob sie ein Foto von ihm habe und gab der Frau zu verstehen, dass sie in einer wichtigen Angelegenheit diese Fragen stellten, worauf Henner Hellweg zusätzlich seinen „Dienstausweis" zückte. Nein Muckel sei nicht straffällig geworden.

„Moment mal", gab die Frau zurück und verschwand im Haus. Henner streichelte kurz Lenas Hand, bevor die Hofbesitzerin mit mehreren Fotos zurückkam. „Das da ist Muckel", sagte sie und zeigte auf einen bärtigen, breit lachenden Mittvierziger der prostend in einer Männerrunde sein Glas hob. „Das war vor 5 oder 6 Jahren, am Hoffest", erklärte sie und zeigte weitere Aufnahmen. „Muckel heißt Klaus Mennel, mehr wissen wir nicht über ihn, das Foto können se mitnehmen", schob sie nach.

Henner und Lena bedankten sich und fuhren nach Hause. Während der Fahrt gab Hellweg ein mehrmaliges -Da stimmt was nicht- von sich. „Jetzt bekommt mein Freund Pinne Arbeit", schloss Henner Hellweg das Thema.

******

Roman Selke unterbrach die Unterhaltung für die Planung des Überfalls auf den Makler mit seinem Kumpel Freddy als Lukas von Raschkewitz den Billiard-Salon betrat.

Selke stellte Lukas seinen Freund Freddy vor und überspielte die Situation mit belanglosen Floskeln. Erst dieser Freddy sich zum -muss mal was wegbringen- abmeldete, fragte Lukas konkret nach. „Ich kenne Freddy seit langem aus Berlin, der hilft mir hin und wieder", erklärte Selke. „Bei was", wollte Lukas wissen. Selke überlegte, um dann Lukas zu verstehen gab: „Wir wollen demnächst mal deinen Makler besuchen. Ich glaube, dass der einer von denen ist, die meine Eltern damals reingelegt haben. Vielleicht finden wir Beweise". Lukas überlegte, antwortete jedoch nicht, da Freddy von der Toilette zurückkam. „Ich hol uns noch ne Runde Bier", sagte der und ging zur Theke. Lukas flüsterte „Als ich den Makler nach einer Wohnung für dich gefragt hatte, wollte er den Namen des Freundes wissen. Ich hab ihm deinen Namen gesagt", beichtete Lukas. Selke ging ihm drohend an den Kragen, „Du hast was?", fauchte er. „Ja, was sollte ich denn machen, er wollte wissen, für wen die Wohnung sei", versuchte Lukas klarzustellen. „Dann weiß er

156

Bescheid und kann 1 und 1 zusammenzählen",
sinnierte Selke. „Planänderung" rief er Freddy zu,
der mit Bier von der Theke zurückkam, worauf
beide das Lokal verließen.

„Nun mach mal nicht gleich die Pferde scheu",
versuchte der Anwalt den Makler Bergmann zu
beruhigen, als dieser ihm geschildert hatte, dass
ein Roman Selke eine Wohnung sucht. Der Makler wies noch einmal eindringlich auf die gefähr-
liche Situation hin, und dass jeder Anhaltspunkt
für eine eventuelle Aufdeckung im Keim erstickt
werden müsste. Anwalt Kronberger überlegte einen Moment, bevor er zum Telefon griff und dem
Gesprächspartner mitteilte: „Morgen Abend 18
Uhr bei Antonio!". Nachdem er wieder aufgelegt
hatte, sagte er: „Vielleicht waren wir bisher zu
sorglos. Überprüf du selbst noch einmal alle deine
Absicherungen" riet er Bergmann. Der Makler
war sich seit Jahren der prekären Situation bewusst und wollte nunmehr sämtliche Möglichkeiten einer offensiven Abwehr erneut durchdenken.

Nachdem sich Bergmann verabschiedet hatte, informierte der Anwalt seinen Berufskollegen und
Freund Kastner, bei dem Lukas Raschkewitz

beschäftigt war. Dieser gab alle Informationen an einen Vertrauensmann weiter und ermächtigte ihn, im Restaurant -Bei Antonio- die notwendigen Aufträge zu vergeben.

******

Lena streichelte Betti und das Hündchen genoss die zärtlichen Zuwendungen, schloss die Augen und legte das Köpfchen auf den Schoß der jungen Frau. Sie spielte auf den Besuch in dem netten Ort an, in dem Muckel anscheinend gut bekannt war. „Was vermutest du konkret", wollte Lena von Henner Hellweg wissen. „Es ist alles so diffus, dass ich keine eindeutige Richtung geben kann. Hat Muckel etwas erfahren, was anderen zu gefährlich wurde? Hat man ihn deshalb außer Gefecht gesetzt? Hat man ihn für irgendetwas entlohnt, und er konnte sich eine Überfahrt in die USA leisten? Das wiederum wäre eine erfreuliche Tatsache, die er sicherlich mit den Leuten vom Schillerhof mitgeteilt hätte. Nein er ist verschwunden", führte Henner aus. „Auch eine bundesweite Anfrage von meinem Freund Pinne hat nichts gebracht. Muckel, beziehungsweise Mennel ist abgetaucht oder liegt irgendwo im Wald verscharrt", spann Henner das düstere Szenario weiter.

Roman Selke war sichtlich nervös, als ihm sein Freund Freddy die Vorgehensweise für den Besuch beim Makler Bergmann erklärte. Tagelang hatten sie das Haus observiert, um alle möglichen Nebenwirkungen auszuschließen. Jetzt waren sie bereit, die Vorbereitungen waren getroffen und geistig eintrainiert . Morgen Vormittag wollte man das Garagentor blockieren, um so Bergmann zu zwingen vor die Tür zu kommen. Als Absicherung für außen hatte man 2 weitere Männer vorgesehen, die eigens aus Berlin angereist waren. Selke hatte Lukas von Raschkewitz bei der Aktion außen vorgelassen.

„Morgen kriegt er Besuch, der Drecksack", sagte Selke und stieß die weiße Kugel in das mittlere Loch des Billardtisches. „Ich werde übermorgen operiert, ich habe einen Tumor an der Wirbelsäule", warf Lukas von Raschkewitz zurück, als wäre das vorher Gesagte stumm an seinem Ohr vorbei gerauscht. „Morgen wird alles gut gehen und übermorgen mit deiner Operation auch. Darauf trinken wir", mehr sagte Selke nicht und kippte sein Bier ex hinunter. Erst danach ließ er sich die Einzelheiten der Erkrankung schildern.

Alexander von Raschkewitz hat mich angerufen, Lukas hat einen Tumor an der Wirbelsäule. Am Donnerstag wird er operiert", informierte Lena Henner Hellweg. „Hans-Jörg Schmidt weiß auch Bescheid. Wenn Lukas am Wochenende Besuch bekommen darf, fahre ich hin, ich werde von Alexander mitgenommen", fügte sie äußerst bestimmend hinzu. „Ja, tu das. Wenn ich helfen kann…sag Bescheid", antwortete Henner Hellweg, worauf sie ihm sanft auf die Wange küsste. „Ich werde Lukas heute Abend noch anrufen, um ihm viel Glück zu wünschen.

„Es wird schon alles gut gehen Lukas", sagte Lena am Telefon, als sie die Niedergeschlagenheit in Lukas Stimme spürte". „Ach Mizzi, meine OP wird schon funktionieren, ich werde mich allem, was auf mich zukommt absolut fügen. Aber mein Freund……hat morgen etwas vor, ach es wird schon alles gut gehen", sagte Lukas. Auf Lenas hartnäckige Nachfragen um was es denn ginge, gab er keine weiteren Hinweise und beendete mit einem knappen -Machs gut- das Gespräch.

Danach spukten etliche Szenarien in Lenas Kopf herum. Sollte sie Henner Hellweg davon berichten, damit der alle Hebel in Bewegung setzte. Aber welche? Was hatte der Freund vor? Es könnte alles Mögliche sein…! Am Abend erzählte sie Henner Hellweg von dem Gespräch. Der war ebenfalls ratlos und vermied es, weitere Sachlagen durchzuspielen.

Während der Hinfahrt zu Bergmanns Haus betete Roman Selke inständig Psalm 23 und bat seine Eltern um Hilfe und Vergebung für das, was er für sie versuchte in Gerechtigkeit zu verwandeln.

-Der Herr ist mein Hirte, mir wird nichts mangeln. Er weidet mich auf einer grünen Aue und führet mich zum frischen Wasser. Er erquicket meine Seele. Er führet mich auf rechter Straße um seines Namens willen. Und ob ich schon wanderte im finstern Tal, fürchte ich kein Unglück; denn du bist bei mir, dein Stecken und Stab trösten mich.-

Die Sonne blendete ihn, als er über Walkie Talkie die Position der Außensicherung, die beide ihr

Fahrzeug gegenüber der Garage geparkt hatten, abfragte und mit einem OK quittierte. Sein Kumpel Freddy nickte und machte Anstalten das Vorhaben zu beginnen. Die Sturmhauben verdeckten ihre Gesichter…..und los gings.

******

„Hermine ist krank. Möchtest du sie heute Nachmittag nicht mal besuchen", fragte Mizzis Mutter, als die Tochter am Morgen ihre Schultasche packte. „Ja, gerne, aber vielleicht lieber morgen. Ich habe heute lang Unterricht und muss noch meinen Vortrag für morgen früh durcharbeiten", antwortete Mizzi worauf die Mutter zufrieden nickte. Sie wusste, dass ihre Tochter alles, was die Schule betraf, sehr genau und eifrig behandelte.

Über den ganzen Tag hinweg dachte Mizzi an Hermine. Ihre Gedanken kreisten wie ein Luftschiff über das gesamte Anwesen der von Raschkewitz. Die alte Eiche kam ins Bild, darunter drehte sich die Schaukel mit Klette auf dem Sitzbrett, während sie Alexander und Lukas beim Anstauen des Bachlaufs beobachten konnte. Herr Schmitt Schmidt mähte den Rasen und ging in der Pause auf die Terrasse und drehte den Rollstuhl der Frau von Raschkewitz in die Sonne und richtete die Wolldecke über ihre Schultern. Mizzi entdeckte Hermine im Kräutergarten, die mit einer Schere Petersilie erntete.

Frau Schmidt hängte die weißen Bettlaken nach der Wäsche auf die weit gespannten Wäscheleinen und roch an den Stoffen. In der Ferne sah Mizzi mehrere Pulks Kraniche Richtung Süden ziehen.

Ihr gedankliches Luftschiff setzte zur Landung an und sie saß wieder verträumt in ihrem Klassenzimmer.

Hermine freute sich aufrichtig, als Mizzi zu Ihr ans Krankenbett kam. „Schön, dass du mich besuchen kommst Mizzi", sagte sie und strich dem Mädchen über die Wange. „Mit dem Alter kommen die Wehwehchen, aber in ein paar Tagen geht es wieder besser, habe ja doch wenig zu tun, ist ja niemand da", erklärte sie und bekam feuchte Augen. „Ich werde so oft ich kann zu dir kommen liebe Hermine", tröstete sie die Kranke. „Ja, und wenn es mir dann besser geht, kochen wir etwas Leckeres zusammen. Jetzt bist du schon ein kleines Fräulein", stellte Hermine fest und drückte das Mädchen fest an sich.

******

Lena studierte ausführlich die Polizeiberichte aus Leipzig. Außer mehreren Verkehrsunfällen in der Innenstadt gab es einen Brand auf einem Gestüt im Landkreis. Des Weiteren einen Überfall auf einen Immobilienmakler in seinem Wohnhaus. Dabei kam einer der beiden Einbrecher zu Tode, während der andere fliehen konnte. Sie wurden nach Angaben der Polizei von Sicherheitskräften des Eigentümers überrascht. Genaueres wollte man erst nach ausführlichen Ermittlungen veröffentlichen.

Henner Hellweg wollte am Ball bleiben als sich Lena von ihm verabschiedete. Lukas hatte die Operation gut überstanden und durfte Besuch empfangen. Hans-Jörg Schmidt wollte fliegen, während Lena von Alexander abgeholt werden sollte.

„In zwei Tagen bin ich wieder da, mach keine Dummheiten ", flachste Lena und nahm Henner in den Arm. „Ich tue mein Bestes, und halt die Ohren steif, aber auch offen", antwortete er.

Er wollte die Zeit ihrer Abwesenheit nutzen, noch mehr über Muckel alias Mennel herauszubekommen. Aber zuerst fuhr er in seine ehemalige Dienststelle.

„Du hälst uns ganz schön auf Trapp", empfing ihn sein Freund Pinne, der hinter einem Stapel Akten hervorlugte und flugs den Bildschirm seines PCs abdunkelte.

„Ja, du weißt, wenn ich hier erscheine, brennt der Baum", spaßte Henner Hellweg.

„Leipzig, vor drei Tagen vormittags, Überfall auf einen Immobilienmakler, mich interessieren die Einzelheiten, Tathergang, Namen usw.", zählte Henner auf. „Ich weiß, du darfst es mir nicht sagen, aber tu's trotzdem", schob er nach. „Du bringst mich noch in Teufels Küche", klagte Pinne, griff zum Telefon und gab dem Kollegen in Leipzig zu verstehen, dass es hier wohl einen ähnlichen Fall gegeben hatte und er nunmehr Einzelheiten und Namen benötigte, um etwaige Übereinstimmungen und Zusammenhänge abzuklären, und es wäre sehr dringend.

Der Leipziger Kollege wollte umgehend per mail die bisher vorliegenden Ermittlungsergebnisse übersenden.

„Na geht doch", lobte Henner Hellweg seinen Freund Pinne und verließ nach einer kurzen Verabschiedung dessen Büro. „Das kostet dich n Essen", warf ihm dieser hinterher.

Am Abend lagen die Ergebnisse vor. Pinne hatte sie sofort an Henner Hellweg weitergeleitet.

Geschädigter: Immobilienmakler Konrad Bergmann, wohnhaft usw.....

Tathergang: Zugang über die vom Geschädigten geöffnete Garage. In der oberen Etage zwang einer der Täter den Eigentümer mithilfe der Fingerprints ein Büro zu öffnen, während der andere sich in den Wohnräumen im EG zu schaffen machte. Beim Öffnen des oben gelegenen Büros kamen dem Geschädigten 2 seiner Sicherheitskräfte zu Hilfe. Beim Versuch den Täter festzuhalten und zu fesseln, stürzte dieser die Treppe hinunter. Eine sofortige Erstversorgung durch die Anwesenden blieb erfolglos. Der Mann verstarb noch am Tatort. Der 2. Täter im EG konnte entkommen. Beschreibung so und so. Eine sofort eingeleitete Fahndung blieb bisher erfolglos.

Name des Getöteten: Roman Peter Selke, geboren so und so, wohnhaft so und so.

****

Lukas von Raschkewitz hatte in der Tat die Operation hervorragend und komplikationsfrei überstanden. Die Untersuchung der Gewebeproben des entnommenen Tumors wiesen keinen positiven Befund aus. Es gab keine Metastasenbildung und es konnten sämtliche befallenen Gewebeteile entnommen werden, ohne dass irgendwelche Nachwirkungen zu befürchten waren.

„Wir sind alle sehr froh, dass es so gut ausgegangen ist Lukas", gab Alexander erleichtert zu. Auch Lena und Hans-Jörg waren sehr beruhigt. „Jetzt noch eine gute Reha und schon biste wieder der Alte", riet ihm sein Bruder.

Lukas nickte still, und freute sich, dass sie alle so sehr um ihn besorgt waren. Aber mehr noch bewegte ihn, dass sich Selke noch nicht gemeldet hatte. Die in den Nachrichten verbreitete Meldung, dass es einen Überfall am Stadtrand gegeben haben soll, machte ihn nervös und voller Sorge. Er wollte es sich aber nicht anmerken lassen und verdeckte so gut es ging sein Gefühlschaos. „Jetzt lassen wir dich erst einmal allein und gehen auf einen Kaffee in die Cafeteria", meldeten sich Lukas Gäste ab, was dieser mit einem zustimmenden Lächeln quittierte.

Freddy Böge hatte sich nach dem missglückten Besuch beim Makler Bergmann umgehend wieder nach Berlin abgesetzt. Beim fluchtartigen Verlassen der Villa hatte er Roman Selke für Zehntelsekunden am unteren Treppenbereich liegen sehen. Und das sah nicht so aus, als hätte dieser den Sturz überlebt. Freddy hielt sich bedeckt, ging vorerst nicht in seine Stammkneipe, schlug Einladungen von Freunden aus und verpflegte sich über einen Pizzadienst. Viel zu sehr hatten ihn die Ereignisse mitgenommen. Und was er mit seinem Fotohandy abgelichtet hatte, machte ihm zusätzliche Kopfzerbrechen.

Irgendwann, wenn Gras über die Sache gewachsen war, wollte er diesen Lukas aufsuchen.

Sie saßen nach dem Abendessen noch in der Hotelbar und waren immer noch eingefangen von der Tatsache, dass Lukas die OP so gut überstanden hatte. „Mit sehr viel Glück", klärte sie der Arzt Alexander von Raschkewitz auf. „Tumore dieser Art setzen sich gerne an ungünstigen Stellen im Wirbelsäulenbereich fest. Da kommt es beim Eingriff oft zu Beschädigungen der Nervenstränge und des Wirbelkanals. Die Folgen brauche ich nicht zu erklären", diagnostizierte er. „Nun, damit müssen wir uns ja glücklicherweise nicht beschäftigen", umkurvte Lena gekonnt dieses Thema." Ich trinke noch einen Rotwein, dann schlafe ich gut", fügte sie an und rief den Kellner.

Später, vom Zimmer aus, rief sie Henner Hellweg an und berichtete gut gelaunt von dem Besuch bei Lukas von Raschkewitz. Henner freute sich mit Lena über den positiven Verlauf der OP. Eigene Neuigkeiten wollte er ihr erst mitteilen, wenn sie wieder zuhause war.

Als sie alle sich am nächsten Tag von Lukas verabschiedeten, fanden sie ihn in bester Laune im Bett sitzend vor. Das Radio spielte und umrahmte die Situation mit Urlaubsstimmung.

„Ja es geht mir gut, vielleicht sind es auch die Medikamente, macht Euch keine Sorgen", gab er freudig von sich. Bei der Umarmung flüsterte er Lena ins Ohr: „Wir telefonieren, ok?", sie hauchte ihm ein -na klar- zurück und küsste ihn auf die Wange. Alexander und Hans-Jörg klopften Lukas aufmunternd auf die Schulter und wünschten ihm weiterhin eine gute Besserung. Sie verließen einen gutgelaunten, zuversichtlichen Patienten.

„Wir haben oft Stau gehabt", entschuldigte sich Lena als Henner Hellweg sie zuhause begrüßte. „Ich habe eine Kleinigkeit gekocht", lud er sie ein. „Das passt, mir knurrt schon vor Mordshunger der Magen", gab sie freudig zurück.

Der mediterrane Auflauf war genau das Richtige, was Lena jetzt brauchte. Der Rotwein vervollständigte das gute Essen. „Ich glaube, wir beide können einen Grappa gebrauchen", bot Henner an.

Sie genossen den Abend und erst kurz bevor Lena sich verabschieden wollte, berichtete Henner von dem Überfall auf einen Makler in Leipzig.

„Oh mein Gott, wenn Lukas' Freund der Einbrecher war. Vielleicht aber auch der, der entkommen konnte" redete sich Lena ein. Sie erzählte, dass sie bald mit Lukas telefonieren wollte. Der Gedanke, dass sie ihn dann nach dem Namen des Freundes fragen musste, um Gewissheit zu haben, ließ sie erschaudern.

Zwei Tage später rief ein aufgeregter Lukas von Raschkewitz Lena im Büro an und berichtete völlig konsterniert: „Heute war die Kripo bei mir in der Klinik. Ich weiß alles. Mizzi, mein Freund ist tot. Er ist bei einem Einbruch in ein Wohnhaus ums Leben gekommen." Für eine Sekunde fühlte Lena eine gewisse Erleichterung in sich. Nun musste nicht sie es sein, die ihm die böse Nachricht mitzuteilen hatte. „Aber was hast du damit zu tun?", wollte sie wissen. Daraufhin erklärte Lukas den kompletten Sachverhalt. Dass er bei genau diesem Makler eine Wohnung mieten konnte, und auch für seinen Freund nachgefragt hatte. Auch von dem Verdacht, dass dieser Makler seinerzeit die Eltern seines Freundes betrogen haben könnte und nur deshalb der Einbruch geplant war, um Beweise dafür zu finden.

„Der Makler hatte angegeben, dass ich zum Freundeskreis des Täters zähle und über die Anwaltskanzlei, in der ich arbeite, ist man auf die Klinik gekommen, und hat mich besucht. Verdächtigt bin ich nicht, denn der andere Täter wurde von Bergmann als groß und breitschultrig beschrieben. Nun weißt du alles. Mal sehen, was unser Vater alles getrieben hat, vielleicht hatte er damals Roman Selkes Eltern betrogen", spielte Lukas auf die zu prüfenden Wirtschaftspapiere an. „Doch das beschäftigt mich weniger, Vater ist tot, gut so! Ach Mizzi". Lena pflichtete ihm bei:" Ja, ist vielleicht besser so!"

Am Abend saßen Henner Hellweg und Lena zusammen und durchleuchteten noch einmal den gesamten Sachverhalt. „Warum waren beim Makler 2 Bodyguards im Haus? Hatte er etwas zu verbergen, musste er deshalb so gut beschützt werden? Hatte man den Einbruch erwartet? Der Verdacht des Einbrechers war womöglich mehr als zutreffend", schlussfolgerte Henner und meinte: „Hatte Lukas mit der Namensnennung des Freundes in dem Makler und dessen Anhang die Alarmglocken klingeln lassen?" „Viele offene Hatte-Fragen", kommentierte Lena.

******

Lukas von Raschkewitz konnte wegen des guten Heilungsverlaufs die Klinik bald verlassen. Die verordnete Anschlussheilbehandlung hielt er persönlich für nicht notwendig, wollte aber keinen Streit mit Alexander entfachen und stimmte der 14-tägigen Reha zu. „Lass dich ein wenig verwöhnen, es wird deinem Körper guttun", hatte ihm sein Bruder empfohlen.

Irgendetwas stimmt nicht, dachte Lukas, als er seine Wohnung betrat. Es herrschte keine Unordnung, jedoch hatte er das Gefühl, als hätte man jeden Schrank und jede Schublade durchsucht. Zwei der Aktenordner im Regal waren vertauscht, sie standen nicht wie vorher in der Reihe. Und richtig, die Kopien der Wirtschaftsunterlagen aus dem Schließfach waren verschwunden. Lukas informierte sofort Mizzi und Alexander, die ziemlich konsterniert und fassungslos waren. „Deine Reha beginnt morgen, da bist du weit vom

Schuss", sagte Alexander und erkannte sofort die Torheit seiner Aussage, worauf er sich sofort entschuldigte.

Lukas wollte heute lediglich die Sachen für die Rehaklinik packen und morgen früh nach Bad Berka aufbrechen. Vorher hatte er noch ein Einschreiben bei der Postfiliale abzuholen. Der Briefträger hatte ihn nicht angetroffen und einen Mitteilungsbeleg im Briefkasten hinterlassen.

Die Nacht war kurz und schlaflos, viel zu sehr kreisten seine Gedanken um die momentane Situation.

Sein Freund war gestorben, weil der Beweise für Betrügereien aus Zeiten der Wiedervereinigung finden wollte. Und ich hatte ähnliche Beweise hier bei mir in der Wohnung und die sind jetzt anscheinend in den Händen der Täter von damals, dachte Lukas und war sich der Gefahr bewusst, in der sich nunmehr alle Mitglieder seiner Familie befanden. Scheinbar waren die Auswirkungen, die eine mögliche Aufdeckung nach sich ziehen würde für ein besonderes Klientel tödlich. Und sofort verdächtigte er den Makler, für den der Zutritt in die vermieteten Wohnungen problemlose war.

Einen dicken Umschlag ohne Absender hatte man ihm in der Postfiliale ausgehändigt. Roman Selke übersandte ihm sämtliche Unterlagen der seinerzeitigen Enteignung seiner Eltern. Möglicherweise ahnte sein Freund, dass ihm etwas passieren würde, dass der Einbruch beim Makler nicht von Erfolg gekrönt sein könnte.

Erst am Abend, wenn er in der Rehaklinik aufgenommen, und zur Ruhe gekommen war, wollte sich Lukas mit dem Inhalt des Umschlags befassen.

******

„Ach Mizzi, wie schön, dass du da bist", freute sich Hermine, die wieder vollkommen hergestellt war. „Mir geht es wieder richtig gut, und ich bin froh, dass ich wieder arbeiten kann. Nur im Bett liegen ist nix für mich", sagte sie und nahm das Mädchen herzlich in den Arm und legte ihr ein großes Stück Erdbeerkuchen auf den Teller. „Weißt du's schon? Am Wochenende kommen die Jungen….alle drei", betonte Hermine ausdrücklich. Mizzi freute sich sehr und war schon gespannt, was sie alles zu erzählen hatten. „Schön, dass

175

auch Hans-Jörg nach Hause kommt, und auch der Herr von Raschkewitz hat sich fürs Wochenende angemeldet, er wohnt jetzt in Dresden, aber seinen Geburtstag nächste Woche feiert er hier zuhause", wusste Hermine. Aus ihr sprudelten förmlich die schönen Geschehnisse, die sie alle in den nächsten Tagen erleben würden, wenn das Haus wiederbelebt, und der Garten endlich wieder Spielplatz sein würde. Sie berichtete außerdem von den vielen Köstlichkeiten, die sie vorhatte zu zaubern. Ja, auch Mizzi war sehr angetan von den guten Neuigkeiten.

Es war einfach herrlich in der alten Eiche zu hocken, während Klette wie sonst auch lustlos in der Schaukel hing. Alexander und Lukas berichteten von den Erlebnissen in ihren Internaten und von den Streichen, mit denen sie die Mädchen ärgerten.

„Der Vater eines unserer Mädchen ist Kondom-Hersteller, sie bringt immer mal n paar Probeexemplare mit", rief Klette Richtung Baumspitze. Ein heftiges Rascheln fuhr durch den Baum. Alexander und Lukas steckte die Köpfe zwischen die Zweige und fragten laut und deutlich: „Sie bringen echt Kondome mit? Klette du spinnst". „Nein, es stimmt, wir blasen sie auf, oder füllen sie mit Wasser für Wasserbomben", antwortete Klette und erklärte den anderen, die mittlerweile die Eiche verlassen hatten, was man alles mit den Dingern

176

anstellen kann, ohne sie für die eigentliche Verwendung zu nutzen.

Mizzi wollte den Jungen eigentlich von ihren außerordentlich guten Noten erzählen, vermied es aber, da Klette mit seinen Geschichten viel mehr Aufmerksamkeit erregt hatte.

Es war ein herrliches Gartenfest. Die große Kaffeetafel auf der Sonnenterrasse nahm alle gut gelaunten Gäste auf. Bunte Lampions gaben später dem abendlichen Ambiente ein herrliches Licht. Auch Petrus hatte dem Hausherrn ein passendes Geburtstagsgeschenk gemacht. Ein wolkenloser Himmel und angenehme Temperaturen ließen den Tag und den Abend unvergesslich machen.

„Lieber Alexander, lieber Lukas, lieber Hans-Jörg und natürlich liebe Mizzi.....ich möchte euch für euren Fleiß, den ihr in der Schule und in den Internaten zeigt, eine Freude machen. Übermorgen starten wir von unserem Garten aus mit einem Heißluftballon zu einer großen Rundfahrt", verkündete Friedrich von Raschkewitz stolz. Die Kinder konnten kaum glauben, was sie hörten. Eine Ballonfahrt über unser Land.

Am nächsten Tag saßen sie alle in der alten Eiche. Selbst die Schaukel wunderte sich, dass Klette in die

Eiche durfte. Die Kinder waren beseelt von dem Gedanken, in die Lüfte zu steigen und in voller Freiheit die Erde von oben zu sehen. Und jeder von ihnen gab eigene Vermutungen von sich, wie alles werden würde.

Und es war das Erlebnis schlechthin. Ihre Augen strahlten und die Gesichter spiegelten die Erwartungshaltung wider, wenn bei jedem Öffnen des Gasventils der Ballon weiter in die Höhe getragen wurde.

Noch Tage später schwärmten sie von den herrlichen Ausblicken und dass niemand von ihnen luftkrank wurde. Die Urkunden, die sie als Mitfahrer erhalten hatten, sollten noch lange die Wände in ihren Zimmern schmücken.

Mizzi war sehr traurig, als die Koffer der Jungen wieder vorm Haus standen und Herr Schmidt das Auto vorfuhr. Es wurde beladen, die drei Jungen verabschiedeten sich und Mizzi sah dem Fahrzeug nach, wie es über die Allee fuhr, das große Tor passierte und rechts abbog.

******

Lukas hatte von Roman Selke erhebliches Beweismaterial erhalten. In allen Urkunden und den Vertragsabschlüssen aus den Jahren 1990/91 mit denen die Überschreibungen der einzelnen Grundstücke Rechtswirksamkeit erlangten, tauchte der Name Friedrich von Raschkewitz auf. Federführend war ein Konsortium aus Vertretern westdeutscher Banken, Investoren und Privatanlegern. Die einzelnen notwendigen Gutachten und Befreiungen von mehreren Auflagen waren durch Stadt und Gemeinden erteilt worden. Um hier irgendwelche Rechtsverstöße erkennen zu können, müssten die Unterlagen von Finanzprüfern und Fachleuten aus dem Steuerwesen durchgearbeitet werden.

Spezielle Grundstücksverkäufe bezogen sich auf das Gebiet mit den vielen Wohneinheiten des Maklers Bergmann und dem angrenzenden Kliniksbereich. Auch die Verkaufsunterlagen, in denen die Flächen der Familie Selke den Besitzer wechselten, waren Teil der Belege. Für Lukas stand fest: Der Makler Bergmann war für den Tod seines Freundes Selke verantwortlich, um möglicherweise Rechtsbrüche zu vertuschen. Lukas war sich seiner prekären Situation bewusst, in der er sich befand. Seinen Job bekam er über die

Verbindung des heimischen Rechtsanwalts.... zu seinem jetzigen Arbeitgeber, der wiederum machte sich für eine Wohnung bei Makler Bergmann stark. Das roch stark nach einer gewollten Wohltat. Inwieweit hatten sie ihre Finger im Spiel.

Hatte Roman Selke die Verbindung zu mir gesucht, weil in den Unterlagen der Name -von Raschkewitz- auftauchte, oder war es Zufall, dass wir schnell Freunde wurden, dachte Lukas. Und wer waren die Leute, von denen Selke die Belege erhalten hatte? Wieder mal Fragen über Fragen.

Alexander, Hans-Jörg und Lena waren fassungslos über das, was Lukas ihnen hierüber berichtete. Sie fühlten sich mittlerweile in die Enge getrieben. Durch den Einbruch in Lukas' Wohnung hatte die Gegenseite nun die Wirtschaftsunterlagen aus dem Schließfach in den Händen und so konnte sie ihre Abwehr entsprechend justieren. Alle die mit den damaligen Machenschaften verstrickten Personen waren gewarnt und sollten ihre Visiere zur Gefahrenabwehr zeitgerecht runterklappen können. Einzig und allein Friedrich von Raschkewitz war außen vor. Der Tod hatte gnädig vor einer möglichen Strafverfolgung bewahrt.

******

Immobilienmakler Konrad Bergmann hatte alle entsprechenden Telefonate geführt, um den maßgeblichen Personenkreis von den Ereignissen in Bezug auf Selke und Lukas von Raschkewitz in Kenntnis zu setzen. Er hatte ausdrücklich daraufhin gewiesen, dass es keine Aktionen gegen Leib und Leben geben dürfe. Der Vorfall in seiner Villa war so nicht gewollt.

Rechtsanwalt Simon Berger gab alle Informationen an Dr. Ambrosius und nach Berlin weiter, wo man sich weitere Schritte überlegen wollte.

Henner Hellweg versuchte Lena ein wenig aus der gedanklichen Gefahrensituation zu ziehen. „Von dir und Hans-Jörg weiß niemand etwas. Alles verstrickt sich mit dem Namen von Raschkewitz. Wir haben in ein Wespennest gestochen und die Brut in hellste Aufregung versetzt. Wichtig ist, jetzt die Hauptstoßrichtung festzustellen".

„Lukas ist derjenige, an dem die Gegenseite jetzt maßgeblich interessiert sein dürfte. Selke war sein

Freund, und die Gegner müssten eigentlich davon ausgehen, dass er Lukas in alle Einzelheiten eingeweiht hatte, und dass der auch über sämtliche Beweismittel verfügt, die Selke zusammengetragen hatte", komplettierte Lena Henners Annahme.

„Sein jetziger Aufenthaltsort in der Reha-Klinik ist der Gegenseite sicherlich bekannt. Die Anwaltskanzlei Kastner in Leipzig, als sein momentaner Arbeitgeber, gehört ja wohl auch zum Inner Cirkel um Makler Bergmann.

Das Bild rundet sich ab", sinnierte Hellweg. „Was sind unsere nächsten Schritte? Reagieren, oder offensiv agieren und nach vorne stürmen?", fragte Lena ihren Verbündeten.

„Möglicherweise wäre die Hinzuziehung eines investigativen Journalisten eine Lösung. Einen Nachteil hätte die Veröffentlichung: Wir würden die Clique noch weiter aus der Deckung locken und zum Handeln zwingen. Was würden wir unterm Strich erreichen? Auch wenn die vom Professor momentan in Prüfung befindlichen Papiere das Höchstmaß an strafbaren Handlungen hervorbrächten, würde eine Staatsanwaltschaft überhaupt Ermittlungen aufnehmen?", war dessen Resümee.

„Wir sollten zu Lukas in die Klinik fahren, um ihn von dem gefährlichen Ballast befreien und diese Unterlagen ebenfalls in die Prüfung geben. Ich werde ihn anrufen", entschied Lena. „Das machen wir", bestätigte Henner Hellweg.

„Das passt gut, am Wochenende habe ich keine Anwendungen, ich freu mich", antwortete Lukas auf Lenas Vorschlag ihn zu besuchen.

Die Eingangshalle der Reha-Klinik war ein freundliches, lichtdurchflutetes mit vielen Sitzgelegenheiten und einer weitläufigen Cafeteria ausgestattetes Nebengebäude. Das Haupthaus hingegen zeigte sich als ein funktionaler Klinikbau aus Betonfertigteilen mit angesetzten Metallbalkonen.

Lukas war sichtlich erfreut und erleichtert, als er nach einer kurzen Begrüßung Lena und Henner Hellweg alles bis ins Kleinste schildern konnte. Er ließ nicht die ersten Wochen in Leipzig aus, in denen er auf Vermittlung des heimischen Rechtsanwalts Berger die Stelle in der Kanzlei Kastner und das kleine Appartement über Makler Bergmann bekam. Auch das Kennenlernen Roman Selkes im Billard-Salon beschrieb er ausgiebig, sowie den Besuch der beiden in der Berliner Schickeria-Bar, wo Selke von Mittelsmännern die brisanten Unterlagen erhielt.

„Alles das hat mein Freund zusammengefasst", erklärte Lukas und übergab Lena den dicken Umschlag, die von seinen Schilderungen sichtlich erfasst war. In Henner Hellweg ratterten fast hörbar die Verknüpfungsmodule. Sie scannten in Sekundenschnelle alle bisherigen Sachverhalte mit den hier erhaltenen Informationen ab. Für ihn schienen die sich Mosaiksteinchen mittlerweile an den richtigen Stellen befindlich.

Nach einem gemeinsamen Mittagessen versprach Lukas, auch über die noch so unwichtig erscheinende Veränderung oder Neuigkeit umgehend Meldung zu machen. Man verabschiedete sich herzlich; Lena konnte jedoch ihr mulmiges Gefühl nicht loswerden.

******

Der Mittelsmann im Club -Last Paradies- war nicht gerade hocherfreut als Freddy Böge auftauchte. Er ließ sich in allen Einzelheiten schildern, wie der Einbruch bei dem Makler abgelaufen war. „Hätte ich gewusst, was Roman Selke vorhatte, wäre er ohne die Informationen wieder nachhause gefahren", sagte er, und schob nach: „Hoffentlich verfolgen die nicht nach, woher die Informationen gekommen waren, dann ist meine Freundin am Arsch. Ich habe weder Selke noch dich jemals hier getroffen ok?" gab er Freddy zu verstehen und verschwand, bevor dieser ihm erzählen konnte, was er bei dem Einbruch im Wohnbereich des Maklers entdeckt hatte.

Zuhause versuchte Freddy erneut die Telefonnummer von Lukas zu ermitteln. Es gab jedoch keine Eintragungen. Um Kontakt mit Lukas von Raschkewitz aufnehmen zu können, blieb ihm nichts anderes übrig, als demnächst wieder nach Leipzig zu fahren.

Es gelang ihnen nicht, ein wenig Abstand von der ganzen Angelegenheit zu finden. Lena konnte sogar am Arbeitsplatz keine Stunde verbringen, wo nicht die Personen, die Unterlagen, die

Gespräche, die Bilder und das ungewisse Morgen in ihrem Kopf herumspukten. Eine gewisse Lockerheit wollte sich nicht einstellen, alles in ihr schien sich zu verkrampfen und festzusetzen.

Henner Hellweg konnte selbst bei seinem geliebten Klarinettenkonzert von Mozart keine Entspannung finden. Die Musik schien störend in seinen Gedankenabläufen zu wirken und machten ihn eher noch unruhiger, so sehr hatten ihn die Geschehnisse eingebunden. Ständig tauchten die Gestalten um ihn herum auf.

Personen, deren Gesichter er nicht kannte, zeigten plötzlich Antlitze und Minenspiel. Schon früher, als er noch dienstlich auf Verbrecherjagd ging, hatte er ohne es zu wollen den unbekannten Verdächtigen Gesichter verliehen. Als sie dann später gefasst wurden, kam ihr Aussehen den imaginären Antlitzen erschreckend nah.

******

Mizzi konnte nicht glauben, was ihre Mutter am Abend berichtete. Die gute Hermine sein plötzlich zusammengebrochen. Der eiligst herbeigerufene Dr. Grubmüller wollte eine umgehende Einweisung in eine Akut-Klink veranlassen, was Hermine strikt ablehnte. „Wissen sie Herr Doktor, ich weiß Bescheid. Gestern Nacht hat jemand an meine Tür geklopft und sich für die nächsten Tage angemeldet. Und ich möchte hier sein, wenn es so weit ist. Besser ist, er findet mich hier, statt in einer Klinik, ich warte lieber hier", sagte sie ruhig und fast flüsternd.

„Ich werde Herrn von Raschkewitz anrufen", sagte Mizzis Mutter und schickte ihre Tochter wieder in Hermines Zimmer.

Mizzi streichelte Hermines Hände, worauf diese die Augen öffnete, „Ach mein Kind, liebe Mizzi, jetzt werde ich euch bald verlassen. Aber ich bin nicht ängstlich. Ich bin bereit. Schau mal dort in die Schublade. Mizzi zog die Lade heraus, wo eine Kette mit Anhänger lag. Ich möchte, dass du sie nimmst. Sie ist von meiner Mutter, und ich habe niemanden sonst. So kannst du immer mal an mich denken", sagte Hermine und wischte Mizzi die Tränen aus den Augen. Das Mädchen hängte sich mit zitternden Finger die Kette um, und legte den Kopf auf Hermines Brust und weinte.

In der Nacht hatte derjenige, der vor 2 Tagen an Hermines Tür klopfte, die alte Dame geholt. Die Ehefrau des Hausmeisters war die ganze Nacht bei ihr geblieben. Als sie vom Kaffeeholen aus der Küche kam, war Hermine eingeschlafen und hatte diese Welt verlassen.

Die Jungen und Mizzi saßen in der alten Eiche, während unter ihnen die Schaukel lustlos am großen Ast hing. Die Kinder waren still. Keiner von ihnen erzählte von den Erlebnissen aus den Internaten. Ihre Gedanken waren bei Hermine, die in der großen Diele im Sarg lag und auf das Bestatterfahrzeug wartete.

Die Kinder standen vor dem Haus, als der Sarg aus dem Haus getragen wurde. Alle Umstehenden legte ihre Hand zum Abschied auf das hölzerne Bett und dann schob man es in den Transporter. Das Fahrzeug fuhr die Allee hinunter, passierte das breite Tor und bog rechts ab.

******

Den ganzen Tag über blätterte Henner Hellweg in den Unterlagen von Roman Selke und studierte sie eingehend, machte sich Notizen und zeichnete

Pfeile, Richtungen und dicke Linien aufs Papier, um Verbindungen und Verkettungen sichtbar zu machen. Am Abend konnte er Lena ein bewundernswertes Ergebnis präsentieren.

Sie spürte die triumphale Angespanntheit in Henners Stimme, hörte aufmerksam zu und ließ ein Diktiergerät mitlaufen. „Es ist so umfangreich und komplex, dass ich das Gesamtwerk aufteilen muss.

„Fangen wir ganz am Anfang an", begann Henner. „Nach der Wiedervereinigung wurde eine Wertbegutachtung aller in staatlichem Eigentum befindlichen Liegenschaften vorgenommen. Dafür wurde eigens eine Kommission gebildet, die unter anderem aus westdeutschen Bodenexperten, Architekten, Rechts- und Finanzberatern und Vertretern der betroffenen Städte und Kommunen bestand. Die Grundstücke wurden von den einzelnen Gemeinden und Stadtverbände an eine nur hierfür eingerichtete Katasterstelle des Katasteramtes Berlin gemeldet.

Bei der Wertermittlung wurden Bebauungen, wie Fabriken und Betriebe auf die Möglichkeit einer Weiterverwertung geprüft. Soweit Schritt 1", erklärte Henner Hellweg und nahm einen kräftigen

Schluck aus dem Wasserglas und fuhr fort: „Im 2. Schritt wurden mögliche oder bereits vorliegende Ansprüche eventueller Vorbesitzer geprüft, denn es galt das Prinzip -Rückgabe geht vor Entschädigung-.

Bei der Wertermittlung wurden Lage, eventuelle Belastung der Böden, die damit einhergehende Grundwassersicherheit, Anrainerbebauung, Entsorgung der Restbebauung und eventuelle vormilitärische Nutzung geprüft. Prioritär sollte stets der Weiterveräußerung an kommunale Interessenten, wie Kliniken, Bahnbetriebe, Universitäten, Polizeibehörden etc. Vorrang eingeräumt werden. Bebauungspläne wurden je nach Anforderung erstellt oder geändert.

Eigentümer, deren Grundstücke an städtische Areale grenzten und für oben genannte Einrichtungen und Verwendungen interessant waren, sollten großzügig und in einem unbürokratischen Verfahren entschädigt werden. Die entsprechenden Bodenwerte legte diese Kommission fest und übergab das weitere Verfahren anschließend an die Finanzexperten. Und hier kam erneut Friedrich von Raschkewitz ins Spiel, der praktisch zu den Hauptentscheidern zählte. Innerhalb der sich nun ergebenden Verkaufsverfahren wurde als

Gerichtsstand stets Berlin eingesetzt. Streitigkeiten wurden somit immer vor einer Berliner Kammer verhandelt".

Lena lobte Henner Hellwegs Ermittlungstalent und meinte: Da hätten wir die Unterlagen aus dem Schließfach gar nicht zur Prüfung weitergeben müssen, du bist doch der Experte". „Nein", antwortete Henner. „Bei den Unterlagen aus dem Schließfach geht es ja nur um die finanziellen Machenschaften des Herrn von Raschkewitz, hier wird jetzt das Gesamtverfahren sichtbar", antwortete Henner.

„Nun weiter. Bei den Grundstücken der Familie Selke handelte es sich laut Katasterblätter um landwirtschaftliche Nutzflächen, die an 2 kommunale Areale angrenzten. Hinter diesen kommunalen Grundstücken lag ein schon lang nicht mehr in Betrieb befindliches Zementwerk. Die 2 gemeindeeigenen Flächen waren laut Kommission schwer mit Benzol und Quecksilber belastet. Um den Wert der Selke-Grundstücke zu reduzieren, hatte man die Belastung kurzerhand unrechtmäßig auch auf deren Grundstücke ausgedehnt. So wurde nur ein minimaler Verkaufspreis erzielt, wogegen die Eigentümer erfolglos klagten. Wegen der Wichtigkeit der Bebauung, denn das

191

Klinikum sollte ja erweitert werden, hatte man ihnen sozusagen die Pistole auf die Brust gesetzt, worauf die Familie einwilligte und ihr Gelände erheblich unter Wert verkaufen mussten. Veräußert wurden die Flächen anschließend an ein Invest-Konsortium, dem ein polnischer Investor vorstand, und an einen nicht genannten Finanzmann, der durch einen gewissen Rechtsanwalt Berger!!!! vertreten wurde. Nun rate mal, wer dieser Finanzier war. Nachtigall ik hör dir trapsen, na klar, <u>von Raschkewitz</u>. Das nennt man heute wohl Insidergeschäft. Durch seine oftmaligen Begleitungen der Vertreter aus Wirtschaft und Politik zur Leipziger Messe konnte er Verbindungen knüpfen, Lagen und Werte interessanter Objekte schon frühzeitig ermitteln. Er hatte stets das Ohr an den wichtigen Schaltstellen und wusste schon frühzeitig, woher der Wind wehte, und konnte seine Finanzsegel entsprechend setzen".

Lena war beeindruckt und Henner führte weiter aus: „Nach den Verkäufen wurden die Areale seitens der Stadt- und Gemeindeverwaltung vom Bebauungszwang befreit. Ferner musste plötzlich eine neue Begutachtung vorgenommen werden mit angeblich genaueren Verfahren in der Bodenanalyse. Und siehe da, der Bodenwert hatte

192

sich blitzartig verzehnfacht, weil nunmehr die Belastung erheblich geringer ausgewiesen wurde. So kauften dann die kommunalen Bauträger für Universität und Klinik ihre ehemals eigenen Grundstücke für ein Vielfaches des ehemals minderwertigen Bodenwertes zurück. Nicht berücksichtigt habe ich, dass die Investoren eine nicht unerhebliche Fördermittelzahlung aus dem Bundeshaushalt bekamen".

Henner Hellweg nahm einen erneuten Schluck aus dem Wasserglas, um gleich wieder fortzufahren.: „Neben den Verkäufen für die Erweiterung des Klinikums erwarb ein gewisser Immobilienmakler Konrad Bergmann einen erheblichen Grundstücksanteil aus den Veräußerungen an den Rechtsanwalt Berger und errichtete innerhalb kürzester Zeit, unter Inanspruchnahme ebenfalls hoher Fördermittel, diese weitläufige Wohnanlage in der Lukas eines der Appartements bewohnt".

„Und der Sohn der Selkes erhielt die Informationen von wem auch immer in Berlin, möglicherweise aus Kreisen der Mitarbeiter des Katasteramtes. Anschließend verübte er und sein Komplize beim Makler Bergmann den Einbruch, um Beweise auch für dessen Schuld am Betrug seiner Eltern zu finden, was ihm das Leben kostete", vervollständigte Lena.

Henner Hellweg schloss die Unterlagen und schenkte sich und Lena ein großes Glas Rotwein ein. Sie prosteten sich zu und ließen das eben Ausgeführte erst einmal sacken. Anschließend fertigte Lena aus den Aufzeichnungen vom Diktiergerät eine Tondatei und schickte sie an Lukas, Alexander und Hans-Jörg. „Denen wird, sollten sie gerade beim Essen sein, jeder Bissen im Mund stecken bleiben.

Und ich muss mich wiederholen, Friedrich von Raschkewitz ist tot, was besonders für Lukas und Alexander wichtig ist. So fällt nachträglich kein dunkler Schatten mehr auf die Familie", meinte Lena und genoss den Rotwein. „Wir werden sehen", sagte Henner und zeigte sein Skeptiker- Gesicht. Während sich Hündchen Betti an sein Bein schmiegte, ließ er Mozarts Klarinettenkonzert abspielen, um ein wenig andere Stimmung in den Räumen zu verbreiten.

******

Das Eintreffen neuer Informationen ließ nicht lang auf sich warten. Die Expertise des Universitätsprofessors Oswald wurde Lena per Einschreiben zugestellt.

Sie zeigte folgendes Bild:

Friedrich von Raschkewitz hatte ein weit verbreitetes Geflecht von Finanzsträngen erstellt, dessen Astwerke sich in mehrere Anlagegebilde verzweigte. Einige Konten in Deutschland und in der Schweiz verwahrten Einnahmen aus Aktienpaketen, Kommunalobligationen, Goldankäufen und kleineren Anlageposten sowie Transaktionsgewinne aus Grundstücks- und Immobilienerwerbungen.

Die Ver- und Ankäufe von Wertpapieren übernahm die Investmentgruppe Halifax Invest in Irland, von der Prokurist Oswald laufend über Tendenzen und Zuschlägen informiert wurde.

Eine Übersicht sämtlicher Anlagepositionen und deren Wertschöpfungen lag in aufgesplitteter Ausfertigung vor. Die Listen waren mit ihren Gewinnen und Verlusten von Oswald ständig auf den neusten Stand gebracht. Alle Finanztransaktionen hatte Oswald penibel erfasst und konnten bei der Prüfung in alle Einzelheiten zerlegt werden.

Verschiedene Konten wiesen regelmäßige Zahlungen aus, deren Empfänger bei der Verbuchung lediglich mit Kürzeln versehen wurden. In einem gesonderten Ordner hatte der Prokurist für den eigenen Überblick eine Namensliste des Personenkreises angelegt, um bei der Überweisung keine Fehler zu machen. Von dieser Liste wusste von Raschkewitz ganz sicher nichts.

Die bei Grundstückskäufen und Anlagen in Immobilien in den neuen Bundesländern geflossenen Fördergelder hatte von Raschkewitz gekonnt kanalisiert. Hier wurden massive Verstöße aufgedeckt. Eine Kontrolle für die Verwendung der Finanzhilfen und Aufbaumittel erfolgte scheinbar ganz und gar nicht. So konnte aus dem unermesslich sprudelnden Geldfluss kräftig abgesahnt werden.

Die abschließend eingeschätzten Werte an 21 Immobilien, in Worten – Einundzwanzig- in den neuen Bundesländern beliefen sich, sich insgesamt auf heute ca. 9,5 Mio €. Die Vermögenswerte auf den einzelnen Konten wurden auf ca. 3,9 Mio € beziffert.

Als Lena und Henner Hellweg die Expertise zur Seite legten, waren sie geplättet und sprachlos.

Friedrich von Raschkewitz hatte durch teilweise strafbare Geldgeschäfte ein erhebliches Vermögen angehäuft. „Und sein Prokurist und Hauptbuchhalter hatte alles penibel und genauestens archiviert", sagte eine ergriffene Lena. „Und sämtliche Rechtsberater und Helfershelfer um ihn herum haben dabei geholfen, und laut Liste ebneten Politiker und Verwaltungsleute die Wege dafür. Eine höchstkriminelle Bande", fügte Henner Hellweg an.

„Dann dürften Alexander und Lukas massiv geerbt haben, soweit diese Werte alle legal ins Erbe geflossen sind. Rechtsanwalt und Notar Berger und Dr. Ambrosius, sowie Kastner in Leipzig wären dann ja federführen gewesen sein. Ich gehe mal davon aus, dass Rechtsanwalt Berger das Testament verwahrt, und das Erbverfahren nach dem Tode von Raschkewitz durchgeführt hat", mutmaßte Lena.

„Mann o Mann, was hier in kürzester Zeit alles zusammengekommen ist. Und nur, weil du diesen Spiegel entdeckt hattest. Den Spiegel des Unglücks", meinte Henner ironisch.

******

Lukas hatte die Reha erfolgreich beendet und seine Arbeit in der Rechtsanwaltskanzlei Kastner wieder aufgenommen. Ihm behagten Büroarbeit und Registraturtätigkeit gar nicht. Lieber waren ihm die Botengänge zu den Gerichten, da lief er nicht Gefahr den Anwälten der Sozietät oder dem alten Kastner über den Weg zu laufen. Nebenbei hielt er in den Tageszeitungen Ausschau nach adäquaten Stellenanzeigen. Er wollte möglichst schnell aus dem Dunstkreis der alten Seilschaften Bergmann/Dr. Ambrosius/ Berger/Kastner/ verschwinden. In der Wohnanlage achtete er darauf nicht den Mitarbeitern des Maklers oder gar ihm selbst zu begegnen.

Wieder lagerten brisante Unterlagen in seinem Appartement. Hatte Lena nicht bedacht, an welchem hochexplosiven Pulverfass er hier klebte? Lukas hatte von Selkes Unterlagen Kopien gefertigt und auch Sie auch Alexander und Hans-Jörg zukommen lassen.

Ihm war es zuwider, alle Passagen der ausgewerteten Belege bis ins Kleinste zu studieren. Es reichte die Schlussfolgerung, dass sein Vater eine Menge Leute betrogen und ein immenses Vermögen angehäuft hatte. Wo immer die Millionen auch waren, ihm war es egal, er hatte die Schnauze voll von alledem. Er wollte damit nichts mehr zu tun haben. Am nächsten Morgen überlegte er, ob die Unterlagen nicht besser im Seitenkanal der Schwarzen Elster ihr Grab finden sollten.

Jetzt mietete er jedoch selbst ein Schließfach an und deponierte sie darin. Den Schlüssel verwahrte er an seiner Halskette, bis er einen sicheren Platz dafür gefunden hatte. Für das Wochenende nahm er sich einen Besuch im Billardsalon vor, und eine Menge Bier sollte die Gedanken aus seinem Kopf löschen.

Alexander von Raschkewitz brauchte einen ganzen Abend und eine Flasche Merlot, um die Unterlagen ausgiebig zu studieren. Es vernebelte ihm jedoch nicht den Blick für das Wesentliche. Sein Vater war ein Wirtschaftskrimineller, der keine Möglichkeit ausgelassen hatte, wirtschaftspolitische und gesellschaftliche Umstände und Gegebenheiten zu nutzen, um sein Vermögen zu vermehren. Nun war er verstorben und anscheinend schlummerten irgendwo die Millionen aus all den Geschäften. Selbst der Notar Berger war anscheinend ahnungslos, sonst hätte er sicher geraten, hiernach zu suchen.

Sollte er nach dem Verbleib des gesamten Vermögens forschen? Welche Instanzen müssten durchlaufen werden? Auseinandersetzungen mit Banken ständen bevor. Er fühlte sich hilflos und allein gelassen. Sein Bruder, den er sofort angerufen hatte, wollte mit all den Dingen nichts mehr zu tun haben. „Ein Toter ist einer zuviel", hatte er ihm verärgert ins Telefon geschrien.

Sie alle befanden sich in einem außerordentlichen Dilemma. Lukas, der mit den Dingen nicht mehr behelligt werden möchte, aber der Höhle des Löwen geografisch am nähesten war. Alexander betrachtete eine Aufklärung äußerst skeptisch. Hans-Jörg hatte sich gegenüber den anderen noch nicht geäußert.

Lena und Henner Hellweg als „Außenstehende" befanden sich in einer intensiven Situation, in der Henner Hellweg die rein polizeilichen Argumente vorbrachte.

„Wir haben Kenntnis von Straftaten deren Verjährung erst geklärt werden muss. Einer der uns bekannten Täter ist verstorben, er ist raus. Uns liegen Aufzeichnungen über Schwarzgeldzahlung und Bestechungsgelder vor. Die korrupten Politiker und Verwaltungsangehörige sind namentlich bekannt. Die entsprechenden Kontobewegungen können nachgewiesen werden", gab er Lena zu verstehen.

„Ja, wo sind die Millionen geblieben, wo sind die Eigentumsnachweise der Immobilien. Nichts davon war Teil des Erbes für die Jungen. Was sollen wir nur tun?" fragte Lena. „Wir haben eine ganz besondere Konstellation noch nicht in Betracht gezogen", warf Henner Hellweg in den Ring. „Und welche?", wollte Lena wissen.

„In all den Sachverhalten spielen die Anwälte eine entscheidende Rolle. Und der Makler Bergmann, hier sollten wir ansetzen", legte sich

Henner fest. Seine wahre Intension zu weiteren Ermittlungen behielt er für sich, wollte nur seinen Freund Pinne von seinen Verdächtigungen erzählen.

Lena hatte das Gefühl, als würde sich Henner Hellweg ein wenig von ihrer Gesellschaft entfernen. Er hatte schon entgegen seiner bisherigen Gewohnheit in den letzten 3 Tagen weder mit ihr telefoniert noch an ihrer Tür geklopft. Ihr Klingeln an seiner Tür als sie von der Arbeit zurückkam war vergebens. Außer ein Türknarren vom Dachgeschoss her tat sich nichts. „Ich bins nur, Frau Oberholzner, die Lena", rief sie nach oben. „Ich weiß, der Herr Hellweg ist schon seit heute Morgen unterwegs, die Betti ist bei mir", hörte Lena die alte Dame rufen.

„Ist gut", gab sie zurück, und war erstaunt, dass Henner Hellweg sie nicht informiert hatte.

Lena hörte Betti vor Freude bellen, als Henner Hellweg sie bei Frau Oberholzner oben abholte. Vor ihrer Wohnung passte sie ihn ab, öffnete die Tür und bat ihn mit einer Handbewegung wortlos herein. Ohne auf irgendeinen Sachverhalt einzugehen, fragte Lena. „Möchtest du ein Glas Wein?". „Gerne" antwortete Henner, während Betti es sich sofort auf dem Teppich gemütlich machte.

„Gibt es irgendwelche Neuigkeiten?", wollte Lena ganz nebenbei bemerkt wissen. „Nein keine", gab Henner wiederwillig zurück und fügte an:" Ich war arbeiten, 3 Tage hintereinander".

„Aha", antwortete Lena beleidigt. Dann war Pause. Eine ungewohnte Stille umgab die beiden. „Du weichst mir aus Henner, was ist los?", fragte Lena. „Ach Lena, ich wollte nur einmal etwas durchatmen", gab ihr Henner zu verstehen. „Warum sagst du es mir nicht?", ließ sie nicht locker. „Die letzten Tage und Wochen haben mich sehr beansprucht, ich brauchte mal ein bisschen Zeit für mich, zum Nachdenken", ließ er Lena wissen. „Wer's glaubt wird seelig Henner, du lügst so schlecht. Sogar dein Hund würde es merken. Du vermutest etwas, erzähl's mir bitte", forderte Lena.

******

Nach der langen Zeit tat es Lukas gut einmal wieder im Billard-Salon ein Queue zu kreiden. Gewonnen hatte er nicht ein einziges Spiel, aber die Verliererschoppen schmeckten ihm auch. Die anderen Gäste hatten Lukas angesprochen und alles über den Tod von Roman Selke wissen wollen. Aber was sollte Lukas ihnen berichten, er wusste nichts. Beim Bezahlen an der Theke reichte ihm der Wirt einen Zettel mit der Telefonnummer von Freddy Böge, Roman Selkes Kumpel. Er bat unbedingt um Rückruf, es wäre wichtig, meinte der Wirt.

Trotz erheblicher Schlagseite bekam Lukas noch den letzten Stadtbus, der ihn vor seiner Wohnanlage absetzte. Die große Menge Alkohol verhalf ihm zu einem ohnmachtsartigen Schlaf.

Henner Hellweg versuchte den richtigen Tonfall zu finden, um Lena nicht ein Gefühl zu geben, er wolle alles weitere in Alleingängen lösen. „Nein, ich brauche dich auch weiterhin. Ein wenig Zeit zum Nachdenken war mir wichtig, und um einen neuen Anlauf mit mehr Schwung zu bekommen, wollte ich einfach keine Gesellschaft", erklärte Henner. Lena nickte verständnisvoll und nahm ihn fest in den Arm.

„Ich habe für heute Abend Franziska eingeladen, wir wollen etwas zusammen kochen. Es wäre nett, wenn du auch kommen würdest. Sie möchte dich kennenlernen, und es wäre mal gut, Unterhaltungen zu führen, die nichts mit den von Raschkewitz und dem ganzen Klüngel zutun haben", schlug Lena vor. „Ich komme gerne. Doch möchte ich für uns beide festgestellt haben", begann Henner und fuhr mit ruhiger Stimme fort: „Ich werde jetzt intensiver nachforschen. Aber eine neue Richtung einschlagen. Sie wird vielleicht schwieriger und eventuell gefährlichen sein als unsere bisherigen Ermittlungen. Mein Freund Pinne ist mit im Boot. Meine These ist folgende:

„Die Anwälte sind der Schlüssel zu einer Mutmaßung, die mir seit langem im Kopf umherschwirrt. Rechtsverdreher haben den Unterlagen zufolge Friedrich von Raschkewitz in all seinen finanziellen Machenschaften unterstützt, so, als wäre er der Pate, der sie alle familiär schützt und versorgt, und dasselbe von ihnen fordert und auch erhält. Schon vor der Wiedervereinigung und erst recht danach wurden alle notariellen

205

Beurkundungen seiner Grundstücks -und Immobilienkäufe von ihnen rechtswirksam gemacht. Ihre Steueranwälte verschafften ihm Zugang zu elitären Finanzbereichen, verhalfen ihn zu besten Konditionen bei Banken im In- und Ausland. Ein Paradies für Menschen seiner Klientel. Und alles das soll nun mit einem Schlag vorbei gewesen sein? Ein angeblicher Fahrfehler des Hausmeisters Schmidt soll dieses Eldorado ausgelöscht haben?", führte Henner Hellweg aus und legte eine Pause ein. Als Lena zu einer Frage ausholen wollte, hob er abwehrend die Hand. „Moment, bitte lass mich bitte zum Ende kommen. Ich vermute, dass dieser Personenkreis schützend seine Hand auf eine bestimmte Person hält".

„Friedrich von Raschkewitz", kam Lena ihm zuvor.

„Bingo, womöglich sitzt er irgendwo im Ausland, verwaltet sein Vermögen, genießt das Leben und zieht weiterhin die Fäden, bewegt die Marionetten, wie es ihm gefällt", fügte Henner an. „Aber der Unfall"! wandte Lena ein.

„Ja, der Unfall. Dieser ominöse Unfall. Meine These dazu: Lieselotte von Raschkewitz wurde ständig mit den neuesten vom Prokuristen

Oswald mit den brisanten Papieren versorgt, die Hausmeister Schmidt sofort ins Schließfach verbrachte. Mit Sicherheit gönnte er sich hin und wieder einen Blick in die Papiere, um genauestens Bescheid zu wissen. Hatte Herr Schmidt, wie auch Hans-Jörg Fridrich von Raschkewitz am Vorabend des Hinscheidens seiner Ehefrau gesehen? Hatte er seinen Chef mit all dem Wissen erpresst? War der Unfall nur fingiert? Doch wer starb an dessen Stelle? Wer ist seit langem verschwunden? Richtig, der „Penner" Muckel Mennel. Doch wie hat sich der Unfall zugetragen? Meine These dazu", fuhr Henner Hellweg fort. „Der Hausmeister holt den angeblich alkoholisierten von Raschkewitz von dieser Veranstaltung ab. Der, der fast nie Alkohol zu sich nahm. Auf der Rückfahrt steigt warum auch immer Muckel Mennel dazu. Bei der Weiterfahrt kommt es zum Streit zwischen Schmidt und seinem Chef, der in einen Unfall ausartet.

Das Fahrzeug überschlägt sich mehrfach, kommt in dem Feld auf dem Dach zum Liegen und fängt Feuer. Schmidt kann sich brennend aus dem Fahrzeug befreien, von Raschkewitz eventuell nur leicht verletzt ebenso. Er wuchtet den mutmaßlich ohnmächtigen Muckel auf den Beifahrersitz und kann anschließend flüchten. Das Fahrzeug explodiert und brennt mit Muckel an Bord vollständig aus. Schmidt beobachtet den gesamten Ablauf, doch seine Brandverletzungen sind so erheblich, dass er zwei Tage später verstirbt. Die nachfolgenden Verkehrsteilnehmer können nicht mehr eingreifen, und so kommen angeblich Schmidt und von Raschkewitz zu Tode".

Lena musste tief durchatmen, nachdem Henner sein Statement beendet hatte. „Ein wichtiger Fakt ist noch anzuführen. Aufgrund der Eindeutigkeit des Unfallhergangs und der durchgeführten Zeugenbefragung wurde eine Zahnvergleichsanalyse nicht vorgenommen. Das Verschwinden des Muckel wurde auch nie mit irgendwelchen Unfällen in Verbindung gebracht. Er ist und bleibt verschwunden", beendet Henner seinen Vortrag. „Jetzt müssen WIR, ja WIR beide nur noch Friedrich von Raschkewitz aufspüren", sagte Lena in dem sie Henner über die Wange strich „Du bist für die Arbeit als Kaufhausdetektiv viel zu schade".

Der Abend mit Franziska war angenehm und gemütlich. Sie war hin und her gerissen von Henner Hellweg, der in eleganter Art und Weise den Damen schmeichelte. Seine nette Fähigkeit

Konversation zu betreiben und sein Wissen über Weine und gutes Essen taten das Übrige. Und sogar die Hündin Betti wich nicht von Franziskas Seite, so dass die Freundin völlig von der Rolle war, als sie sich spät am Abend verabschiedete. „Muss ich mir Sorgen machen, meine Liebe?", fragte sie leicht hämisch grinsend, als Lena sie zur Haustür begleitete. „Quatsch, er ist mir nur ein guter Freund geworden", beendet Lena das Thema küsste ihre Freundin auf die Wange und schloss die Haustür. Naja, naja ? dachte sie über die Frage der Beziehung zu Henner Hellweg, und gab sich in Gedanken eine leichte, aber nicht zu feste Ohrfeige.

******

Mizzi kam nur noch selten auf das Anwesen der von Raschkewitz. Wenn ihre Mutter bei der Büroarbeit einmal Hilfe benötigte, ging ihr Mizzi zur Hand. Das Ehepaar Schmidt versorgte Haus und Garten. Friedrich von Raschkewitz stand ausschließlich mit seinen heimischen Büroangestellten in der Firma und vor allem mit Prokurist Oswald in Kontakt.

Mizzi hatte eine Ausbildung zur Verwaltungsfachangestelltin bei der Stadtverwaltung begonnen. Ganz ohne die Beziehungen des Herrn von Raschkewitz zu nutzen, hatte sie das Auswahlverfahren für sich entschieden und die Mitbewerber mit ihren hervorragenden Zeugnissen übertroffen.

Im Herbst waren Alexander und Lukas aus den Internaten angereist. Klette hielt sich in den Ferien bei Freunden auf. Die alte Eiche freute sich, als die drei es sich in ihren Zweigen gemütlich gemacht hatten, während die Schaukel beleidigt in Unbeweglichkeit verharrte. Alle kindlichen Verhaltensweisen waren aus ihnen gewichen. Fast erwachsene junge Leute diskutierten über weltpolitische Themen, drückten sich gewählt und feinsinnig aus. Mit keiner Silbe sprachen Alexander und Lukas über ihren Vater.

Nachdem für die Jungen das Studium begonnen hatte, telefonierten sie immer weniger miteinander. Mizzi vermisste sie sehr. Die Entfernung zu ihnen war nicht nur geografisch sichtbar. Für sie alle hatte ein neues Leben begonnen.

******

210

Lukas hatte einen mächtigen Kater, als ihn das Telefon am Sonntagvormittag weckte. Sein Bruder Alexander wollte noch einmal ein Treffen organisieren, um den kompletten Sachverhalt erneut durchzusprechen. „Bitte Alexander, lass mich da raus. Ich werde nach Berlin gehen und dort versuchen eine andere Arbeitsstelle zu finden, und dann werde ich umziehen. Hier fühle mich ständig verfolgt und observiert. In der Kanzlei beobachtet man genauestens alle meine Schritte. Ich bin fast nie allein, selbst im Aktenkeller schaut fast alle halbe Stunde jemand nach mir. Es ist wie in einem Film. Was hat uns der Alte da nur eingebrockt", sagte Lukas mit zitternder Stimme. „Ok Lukas, ich akzeptiere es ein für alle Mal. Werde dich mit dieser Sache nicht mehr behelligen. Solltest du Hilfe brauchen, egal wie und was, rufe mich an. Wenn du nach hier zurückkommen möchtest…vielleicht kann ich". „Nein, nein nein, ich muss und werde allein zurechtkommen", brüllte Lukas ins Telefon und legte auf.

Ein niedergeschlagener Alexander war froh, dass er am Abend Bianca Dreier zu Gast hatte. Endlich einmal wieder andere Themen, keine Familienprobleme, kein Schließfachinhalt, keine Lena, einfach nur stille, angenehme Gesellschaft.

Und doch, etwas später, nach den Essen kam das Thema wieder hoch. „Ich spüre doch, dass dich etwas bedrückt. In der Praxis kommen wir kaum dazu ein privates Wort zu reden. Deine bisherigen Andeutungen..."bemerkte Bianca Dreier. „Also gut, wenn wir schon dabei sind", antwortete Alexander und schilderte in knappen Worten den bisherigen Stand, ohne auf konkrete Einzelheiten einzugehen. Bianca zeigte sich betroffen und schockiert. Dass bei der ganzen Angelegenheit auch ein Mensch zu Tode kam, ist äußerst traurig. Aber wem würde eine vollständige Aufklärung nützen.? Ein scheußliches Dilemma", meinte die Kollegin. „Vielleicht wird die Zeit es richten", sagte Alexander, ohne selbst daran zu glauben.

Erst drei Tage später fand Lukas den Zettel, den ihm der Wirt des Billard-Salons gegeben hatte. Er versuchte vergeblich diesen Freddy Böge zu erreichen. Der ständige Hinweis auf die Mailbox machte ihn nervös und zugleich nachdenklich. Was hatte Freddy, den Lukas ja nur 2-mal kurz in Begleitung von Roman Selke kennengelernt hatte, ihm mitzuteilen. Als Selke damals in Berlin die wichtigen Informationen bekam, war Freddy dabei und später trafen beide Lukas im Billard-Salon.

Freddy Böge befand sich in einer aussichtslosen Zwickmühle. Die ständige Befürchtung, dass man ihm wegen der Beteiligung am Einbruch in der Maklervilla auf die Spur kommen könnte, ließ ihn nicht zur Ruhe kommen. Er fühlte sich ständig verfolgt. In der U-Bahn wechselte er während der Fahrt mehrmals den Platz, um eventuellen Beschattern rechtzeitig zu entkommen. Kaum eine Nacht hatte er seit dem Einbruch durchschlafen können. Nach jedem Öffnen seiner Wohnungstür fühlte er ständig einen imaginären Pistolenlauf an seiner Schläfe und wagte sich nur tagsüber vor die Tür. Nach Feierabend verbarrikadierte er sich in seinen vier Wänden.

Die Dinge, die er aus dem Wohnzimmer des Maklers hatte mitgehen lassen, lasteten ihm wie ein riesiger Fels auf der Brust. Er musste sie loswerden. Lukas von Raschkewitz sollte sie aber unbedingt erhalten. Da ihm dessen Adresse nicht bekannt war, schickte Freddy die Sachen kurzerhand an den Billardsalon in Leipzig, und bat den Wirt telefonisch um Weitergabe an Lukas.

Eine große Erleichterung machte sich nunmehr in ihm breit, als er den Einschreibebrief in der Postfiliale abgab. Und über den Einbruch wird mit der Zeit genügend Gras gewachsen sein, redete er sich ein.

Am Abend gönnte er sich beim Griechen eine große Portion Gyros mit Pommes. Auch den Rotwein ließ er sich ausgiebig schmecken. Dem zufriedenen, leicht alkoholisierten Freddy Böge sollte in der Nacht nach langer Zeit wieder ein wohltuender Schlaf vergönnt sein.

Drei Tage später fand man ihn erhängt an einer Fußgängerbrücke in der Nähe seiner Wohnung.

******

Henner Hellweg und Lena hatten sich absolut auf die Fahndung nach Friedrich von Raschkewitz eingeschossen. Kein anderer Ermittlungspfad sollte ihre Vorhaben behindern. Was waren ihre Intensionen für diesen Weg? Stellten sie sich als Gerechtigkeitsfanatiker auf? Wollten sie sich später einmal sagen -Denen haben wirs' aber gegeben-. Nein, lediglich versuchen einem kriminellen Finanzhai und seinem Gefolge das Handwerk zu legen.

„Wir haben zwei Möglichkeiten die Sache anzugehen. Einmal die rechtschaffende oder die moralisch eindeutigere. Wir erstatten Anzeige und hoffen, dass eine Staatsanwaltschaft ein Verfahren einleitet", begann Henner Hellweg. „Anzeige, gegen wen? Gegen einen Toten?", wollte Lena wissen. „Ja, gegen einen vermeintlichen Toten", stellte Henner fest und führte weiter aus: „Die Staatsanwaltschaft ist verpflichtet jeder ihr zur Kenntnis gebrachten Straftat nachzugehen und anschließend zu ermitteln. Also erfolgt das auf unsere eventuelle Anzeige hin, soweit sie einen Anfangsverdacht erkennt. Es liegen unseres Erachtens konkrete Anhaltspunkte vor, um ein Ermittlungsverfahren einzuleiten. Das Verunglimpfen eines Verstorbenen liegt auch nicht vor, da der „Verstorbene" unserer Auffassung nach ja noch lebt. Die zweite Möglichkeit wäre: Wir verschicken an alle Verdächtigen einen Drohbrief, wie „Wir wissen Bescheid" oder so ähnlich und locken sie damit aus ihren Bauten", schlug Henner ironisch vor.

„Klar, damit sie nach uns suchen....und uns", sagte Lena und schnitt sich anschaulich mit den Fingern die Kehle durch.

Inmitten ihrer gedanklichen Ermittlungen platzte ein Anruf von Lukas von Raschkewitz. Lena erschrak und wurde kreidebleich, sagte kurz" Ja, Ja, gut, dann bis später".

Mit zitternden Händen legte sie das Telefon auf den Tisch und stotterte erschüttert :"Lukas hat Bilder von dem Einbruchskomplizen aus der Maklervilla erhalten. Sie zeigen vier Kinder und Erwachsene vor einem Heißluftballon-Korb stehen. Ferner Lukas und Alexander, sowie Friedrich von Raschkewitz bei Alexanders Abschlussfeier seines Medizinstudiums. Es sind Handyfotos, die der Komplize von Bildern aus der Schublade aus dem Wohnzimmer der Villa gemacht hatte".

Noch bevor Henner Hellweg einen Kommentar abgeben konnte, klingelte das Telefon erneut. Alexander berichtete ebenfalls von den Bildern, die Lukas über den Wirt des Billard-Salons erhalten hatte. Er verabschiedet sich sofort wieder, da Hans-Jörg Schmidt ebenso darüber Bescheid wissen sollte. Alexander wollte sich später wieder melden.

„Also doch", sagte Henner Hellweg und schlug mit der flachen Hand auf den Tisch. „Friedrich von Raschkewitz lebt, und anscheinend in der Person des Immobilienmaklers Bergmann", fügte Henner erstaunt bei. In seinem Kopf ratterten die Ermittlungswindungen seines Gehirns. Thesen und Einschätzungen flatterten wie beschriebene Papierseiten durch die Luft und gaben stets nur ein paar unleserliche Zeilen frei. Dadurch zeigte sie ihm die Verworrenheit des gesamten Komplexes. Sie forderten ihn auf, endlich mit der Arbeit zu beginnen.

******

Lukas von Raschkewitz war von allem eingeholt worden, von dem er sich vehement und entschlossen distanziert und verabschiedet hatte. Jetzt lagen Fakten auf dem Tisch, die er nicht einfach ad acta legen konnte. Wie kommen die Fotos in Bergmanns Haus? Schon beim ersten Zusammentreffen mit dem Makler hatte er einen leisen

Verdacht gehabt. Es war die Stimme, die ihn an seinen Vater erinnerte, denn das Gesicht war durch eine leichte Schiefstellung keinesfalls ähnlich. Eine Narbe über dem linken Auge zog die Schläfenpartie stark nach hinten.

Hatte es Bergmann mitbekommen, dass Freddy Böge die Fotos einsehen und ablichten konnte? War er jetzt gewarnt, dass seine Identität in Gefahr war aufzufliegen? Freddy hatte Lukas in dem Brief mittgeteilt, dass er froh war, diese Fotos endlich loszuwerden.

Es ginge ihm besser, seit er die Dateien von seinem Handy unwiederbringlich gelöscht hatte, und dass er sich freuen würde, sowie sich Lukas mal in Berlin aufhielt, ein Bier mit ihm zu trinken.

Lukas zwang sich nicht sofort loszuschlagen. Jetzt musste eine Vorgehensweise mit Bedacht gewählt werden. Dafür wollte er am Wochenende in die alte Heimat fahren, um sich mit allen anderen zu besprechen.

Alexander, Hans-Jörg und Lena hatten sofort eingewilligt sich am kommenden Wochenende zu treffen.

Henner Hellweg wollte bis dahin noch ein paar Vorsichtsmaßnahmen ergreifen, die die Beteiligten absichern sollten. So beauftragte er in Absprache mit den Mitstreitern kurzfristig eine Detektei, die eine Observierung des Maklers Bergmann übernehmen sollte.

Die Zusammenkunft in Alexanders Wohnung war anfangs von einer betroffenen und niederschlagenden Stimmung getragen. Keiner der Anwesenden wollte die Initiative ergreifen, Vorschläge zu unterbreiten, um der momentanen Ausweglosigkeit zu entfliehen.

Henner Hellweg gab zu, schon seit längerem diese Vorahnung gehabt zu haben. Er unterbreitete ihnen die jetzt erwachsene Möglichkeit der Staatsanwalt über den Weg einer Strafanzeige eine Ermittlungspflicht aufzuzwingen. Es lägen ausreichend Beweise in Schriftform für die kriminellen Wirtschaftsdelikte vor. Verjährungsfristen einmal außen vorgelassen. Henner erklärte ihnen auch seine These zum möglichen Unfallhergang. Eine Beweisführung wäre zwar so gut wie unmöglich. Ginge man jedoch davon aus, dass diese Annahme stimmt und Muckel Mennel noch gelebt hatte, als er von Raschkewitz auf den Beifahrersitz gehievt wurde, wäre der Tatbestand des vorsätzlichen Mordes erfüllt.

Betretenes Schweigen füllte erneut den Raum, bis Lukas fast explodierte: „Ich persönlich habe meine Meinung gegenüber den ganzen Vorgängen geändert und möchte ihn nicht davonkommen lassen. Unsere Mutter hatte sicherlich viele Gründe, um das mit den Papieren in die Wege zu leiten. Und wir wissen nicht, was sie selbst alles erleiden musste, wir waren noch Kinder. Er soll sich erklären, ich möchte es persönlich von ihm hören, ihm dabei ins Gesicht sehen".

Eine auffällige Boshaftigkeit in seinem Gesicht machte Lena Angst. Sie befürchtete, dass der innerliche Zwist, den die Jungen mit sich auszutragen hatten, ein amokartiges und überstürztes Handeln verursachen würde. Sie wollte keine Tragödie, keine Streitigkeiten, kein gegenseitiges Zerfleischen. „Wir müssen einen klaren Kopf bewahren", sagte sie und mahnte:" Bitte keine Rachegelüste, die nur unüberlegtes Angreifen nach sich ziehen würde, lasst euch durch diesen Zwiespalt nicht entzweien und eure neue Verbundenheit schädigen. Und bedenkt, es ist Euer Vater, gegen den vorgegangen werden soll".

„Ja, wir wollen ein gemeinsam abgestimmtes Handeln", warf Alexander ein und schlug vor: „Wir brauchen einen unabhängigen Rechtsanwalt, einer der nicht mit den Verdächtigen verbandelt ist. Hat jemand einen Vorschlag", fragte er fast ungeduldig.

„In meiner Fechtergruppe gibt es einen, der könnte für uns der Richtige sein", sagte Hans-Jörg, der froh war, endlich etwas beitragen zu können.

Ihm lag es ständig auf der Zunge hinauszubrüllen, dass sich Friedrich von Raschkewitz in der Nacht des Ablebens seiner Frau für kurze Zeit unbemerkt im Haus aufgehalten hatte, doch Hans-Jörg verkniff es sich. Er wollte Alexander und Lukas nicht in noch größere Zerwürfnisse stürzen.

Die Detektei erstatte täglich Bericht. Henner Hellweg nahm die Meldungen entgegen und leitete sie weiter. Die Observierung des Maklers Konrad Bergmanns erforderte mehrere Teams, da er jeweils abends stets in ein anderes Appartement wechselte, um dort die Nacht zu verbringen. Jede der Wohnungen wurde von unterschiedlichem

Personal betreut. Es hatte den Anschein, dass Bergmann auf jede neue Situation sofort umschalten und sich entsprechend einstellen und verbergen konnte. Sein großer alter Jaguar verlieb in der Villen-Garage. Von der Wohnung zum Bürotrakt und zurück wurde er jeweils von wechselnden Teams chauffiert. Ein massives Aufgebot an Security hielt sich in seinem Bürokomplex auf.

Henner Hellweg fühlte sich in seine aktive Dienstzeit zurückversetzt. Es machte ihm Spaß, zu koordinieren und das Ohr an den Aktivitäten der Detektei zu haben. Die anderen Beteiligten waren froh, jemand in ihren Reihen zu haben, der sie fachmännisch unterstützte.

Am Abend bekam Henner von der Detektei die Mitteilung, dass sich anscheinend noch ein weiterer Personenkreis für den Makler interessierte. Mehrere Fotos von Fahrzeugen und Personen jener Gruppe gingen ihm kurz nach der Meldung zu. Was wäre, wenn sich die mit ihm verbandelte Gruppe mittlerweile in die Enge getrieben fühlte? Karieren und Lebenswerke würden zerplatzen, Posten und gesellschaftliche Stellungen gerieten in Gefahr. Alle Gönner, Komplizen und Wegbegleiter innerhalb der kriminellen Strukturen würden mit ihm untergehen.

Henner Hellweg stufte den Immobilienmakler Konrad Bergmann plötzlich als höchst gefährdet ein. Diese Tatsache erschwerte die Beobachtung der Zielperson und erforderte nunmehr allerhöchste Aufmerksamkeit von den eigenen Kräften. Sofort machte sich in Henner Hellwegs Gedanken auch die Notwendigkeit der staatsanwaltlichen Einbindung in den Fall breit. Und ab jetzt lief die Zeit, jeder Tag ohne Annäherung ans Ziel wäre verschenkt. Doch was war das Ziel? Ganz fern zeichnete es sich verschwommen in dicken Nebelschwaden ab.

Aus Hans-Jörg Schmidts Fechtgruppe war der junge Anwalt Herschbach mittlerweile rekrutiert worden. Alle notwendigen Unterlagen hatte er bekommen und wollte sich schnellstmöglich einlesen.

Für Henner Hellweg war die geografische Entfernung zum momentanen Ermittlungsschwerpunkt ein Dorn im Auge. Telefon und Internet reichten ihm jetzt nicht mehr aus, um organisatorisch und richtungsweisend eingreifen zu können.

"Mieten sie sich doch bei Bergmann ein Appartement. Die Finanzlage gibt es her. Vom Ertrag des Goldbarrens können sie noch für mindestens 5

Jahre in Leipzig wohnen", hatte ihm Alexander geraten, als das Thema am Telefon zur Sprache gekommen war.

„Eine Wohnung in der Höhle des Löwen, als Anlaufpunkt für uns alle, find ich gut, aber auch gefährlich", sagte Lena und fügte an:" Die Sache entwickelt sich zum bundesweiten Kriminalfall, wer hätte das gedacht, als wir deinen Spiegel aufhängten", meinte Henner und holte das Pizzablech aus dem Ofen. „Ich liebe deine Kochkünste", schwärmte Lena und machte es sich am Esstisch gemütlich. Sie mochte die Atmosphäre, wenn italienische Musik den Raum erhellte und überall mediterrane Kräuterdüfte umherwaberten.

„Ich werde nach Leipzig umsiedeln, erst einmal für 4 – 6 Wochen. Wohnung einrichten, akklimatisieren und die Lage sondieren. Mein Freund Pinne hat in Leipzig einen Lehgangsspezel beim Staatsschutz. Vielleicht kann ich durch ihn irgendwelche Vorteile ausmachen", teilte Henner Lena mit, die sich nach diesen Worten schon allein fühlte.

******

„Wissen Sie", sagte die alte Dame", mein Mann ist im letzten Jahr verstorben. Deshalb ziehe ich zu meiner Tochter nach Dresden. Das Haus wird vermietet. Unterm Dach wohnen noch 2 Studentinnen, die aber selten da sind. Eigentlich wollte ich unsere Wohnung auch an Studenten vermieten. Aber denen würde die Einrichtung sicher nicht gefallen. Ist eher was für ältere Herrschaften. Mitnehmen werde ich nicht viel. So ist es vielleicht besser, da ist wieder ein Mann im Haus. Meine Tochter kommt dann nächste Woche, holt die Sachen und macht den Mietvertrag mit ihnen", meinte die Frau freundlich und übergab Henner die Schlüssel, der froh war, solch eine komplett eingerichtete Wohnung vorrübergehend mieten zu können.

Die kleine Betti hatte schon den gesamten Garten in Beschlag genommen und entsprechende Geschäfte erledigt, während Henner auf der Terrasse saß und seine Gesamtlage überdachte. Was war in den letzten Wochen nicht alles auf ihn und seine Mitstreiter eingeprasselt? Ein gemütlicher Ruhestand sieht wohl anders aus, dachte sich

Henner, rügte sich aber sofort selber ob dieses Gedankens.

Die Wohnung war für ihn sofort 1. Wahl, weil sie im Musikerviertel etwas abseits einer Siedlung im Grünen lag. Die Anbindung zum ÖPNV war gut, so war er auch ohne die Nutzung seines PKW sehr mobil. Lena vermisste schon jetzt ihre PKW-gestützte Einkaufshilfe.

Die firmeneigene Website gab Henner Hellweg einen Einblick in das Immobilienimperium des Konrad Bergmann. Neben der Vermietung von Wohn- und Appartementhäusern gehörten auch Verpachtung und Verwertung von Fabrikhallen und Lagerhäusern, sowie die entsprechende Hausverwaltung zum angebotenen Portfolio. Ein gewaltiger Mitarbeiterstab versprach fachmännischen Service durch Jahrzehnte lange Erfahrung.

Für den Abend verabredeten sich Henner Hellweg und Lukas von Raschkewitz im Billardsalon. Das Kennenlernen wurde bis spät in die Nacht mit einigen Bierchen begossen.

Hündin Betti war froh, als Herrchen ihr am nächsten Morgen die Terrassentür öffnete. Der hatte vollständig bekleidet auf dem Sofa genächtigt. Mit dem gestrigen, alkoholverseuchten Abend wurde ihm zwar konditionsmäßig einiges abverlangt, aber die intensiven Gespräche mit Lukas von Raschkewitz hatten Henners Wissen vervollständigt und das Gesamtbild des Maklers abgerundet. So konnten manche Einzelheiten, die außerhalb relevanter Sachverhalte lagen, den anstehenden Ermittlungen äußerst dienlich sein.

Da nie ein liebevolles Verhältnis der Jungen zu ihrem Vater bestand, lag es auf der Hand, dass Lukas ihn vollumfänglich in die Verantwortung nehmen wollte. Henner hatte in den Gesprächen darauf gedrängt, keine Rachegelüste aufkommen zu lassen, denn die würden nur den klaren Verstand vernebeln und bloß eine Richtung kennen. Lukas kam immer wieder auf das liebe Mädchen Mizzi zu sprechen, das so viele Jahre auf ihrem Anwesen „zuhause" war, und heute in freundschaftlicher Beziehung zu Henner stand.

Am Abend erstattete Henner Lena in einem ausführlichen Telefonat Bericht. Immer wieder drängte sie darauf, er solle sich vorsehen und keine gefährlichen Alleingänge unternehmen. Er beruhigte sie, mit dem Hinweis, dass er hier in seiner neuen Wohnung ziemlich weit weg vom

Epizentrum sei. Henner Hellweg erwähnte nicht, dass ein unbekannter junge Mann, der an dem Abend im Billardsalon rein zufällig ein paar Handybilder von ihnen geschossen hatte. Dass Lukas auf der Observierungsliste stand, war ihm vollkommen bewusst, jetzt würden sie auch in kürze wissen, wer Lukas abendlicher Saufkumpan war, dachte Henner fast erheitert. In seinem Hinterkopf reifte bereits der Plan für eine durchschlagende Aktion, die er im absolut richtigen Moment starten wollte. Die Vorbereitung bedurfte eine ausgeklügelte Organisation, die perfekt umgesetzt, eine totale Komplettlösung der Sachverhalte nach sich ziehen könnte.

******

„Ein pensionierter Kripobeamter aus deiner alten Heimat Konrad. Er hatte vor ein paar Tagen einen feuchtfröhlichen Abend mit deinem Sohn verbracht. Zufall oder Absicht?", stellte Rechtsanwalt Kastner die Frage in den Raum und legte dem Makler die Überwachungsfotos hin. „Reiner Zufall", tat Bergmann die Sache ab, „reiner Zufall,

228

woher sollten die sich kennen", legte er nach. „Wir haben ihn und behalten ihn auf dem Schirm", legte der Anwalt fest.

Die letzten Wochen waren nicht spurlos an Konrad Bergmann vorbeigegangen. Er fühlte die Grundfeste seines Imperiums gefährdet. Mehr und mehr legten sich Klammern des Zweifels um seinen Hals. Wer war noch auf seiner Seite, wem konnte er noch absolut vertrauen? Wer von seinen Mitstreitern gerät jetzt in Panik und bringt durch unüberlegtes Handeln das fragile Gerüst zum Einsturz? Eine Reihe böser Szenarien huschten durchs Bild. Mit jedem Telefonklingeln stieg sein Puls und trieb ihm Schweißperlen auf die Stirn.

Die Tatsache, dass sich Lukas jetzt in seiner unmittelbaren Umgebung befand, schränkte seine innere Freiheit schon mächtig ein. Bergmann versuchte schlechte Gedanken in sich aufkommen zu lassen, doch ein immer näherkommendes Donnergrollen aus der Ferne ließ sich nicht wegwischen. So begann er ein paar wichtige Telefonate zu führen, um peu a' peu seinen Abgang von der Leipziger Bühne vorzubereiten.

Hans-Jörg Schmidt hatte unter Mitwirkung seines Fechtfreundes Strafanzeige gegen Konrad Bergmann, alias Friedrich von Raschkewitz erstattet. Den Mann, der Hans-Jörg Schmidt sowohl schulisch als auch finanziell gefördert hatte, wollte er der Gerichtsbarkeit ausliefern. Hans-Jörg hatte nächtelang mit sich gerungen, war zigmal in sich gegangen und hatte alle Folgen bedacht und ausgemalt. Doch der Entschluss war und blieb unumkehrbar.

Das Verfahren ging jetzt seinen offiziellen Weg. Nun lag die Sache in den Händen der Staatsanwaltschaft und niemand hatte vorerst unmittelbaren Einfluss auf das Verfahren.

Die durch den Rechtsanwalt aus Klettes Fechtgruppe eingereichte Strafanzeige hatte alle Beteiligten erst einmal in eine kurze Schockstarre versetzt. Henner Hellweg sah nunmehr seinen ursprünglichen Plan in weite Ferne gerückt. Bei einer zu erwartenden Festnahme Bergmanns war er zum Stillhalten verdammt. Alle Ermittlungen musste er nunmehr der hiesigen Staatsanwaltschaft und der Kripo überlassen.

Lukas von Raschkewitz hatte sowohl die Wohnung als auch seinen Job in der Kanzlei Kastner mittlerweile gekündigt. Zum Ende des Monats wurden beide Kündigungen wirksam. Die verbleibenden 14 Tage würde Lukas auch noch rumkriegen. Er wollte dieser unmittelbaren Zugriffsmöglichkeit auf sich entfliehen. Freddy Böge in Berlin wollte ihn bei einem Neuanfang unterstützen. Die letzten Tage seiner Anstellung hatte Lukas genutzt, um im Aktenkeller noch irgendwelche Hinweise auf die kriminellen Machenschaften der Clique zu finden. Doch diese Nachsuche war erfolglos, alles war absolut gesichert archiviert worden.

Henner Hellweg bekam von der Detektei den Hinweis, dass aus der Villa Konrad Bergmanns eine Person mit einem Krankentransport abgeholt wurde. Man würde das Fahrzeug nunmehr mit zwei Autos verfolgen.

Damit hatte Hellweg gerechnet, Bergmann würde sicher nicht warten, bis man ihn irgendwann zuhause verhaftete. Nun hatte er sich aus dem Staub gemacht. War mit einem fingierten Krankentransport aus der Stadt verbracht worden. Er fühlte schon seit dem Einbruch in seine Villa, dass Bewegung in sein seit Jahren fingiertes Zweitleben gekommen war.

Nachdem den Detektiven ersichtlich war, wohin die „Reise" gehen sollte, überholte das erste Fahrzeug der Observierung den Transport, um vor ihm in der Klinik anzukommen. Die Detektive erreichten ohne größere Probleme den Innenbereich der Notaufnahme. Hier konnten sie gedeckt versteckt die Ankunft des Notfalls erwarten.

Der Krankentransport befuhr die Rampe, um in das Untergeschoss der Akutklinik zu gelangen.

Die Detektive konnten beobachten, wie der Patient in der offenen Halle aus dem Rettungswagen in den Klinikstrakt geschoben wurde. Eine Beatmungsmaske verdeckte das Gesicht, so dass die Person nicht zu erkennen war. Sie verfolgten ihn bis kurz vor den Behandlungsräumen, erkannten aber, dass es sich keinesfalls um Bergmann handeln würde. Wie schon erahnt, befand sich noch ein weiterer „Patient" an Bord, der woanders „abgeladen" werden sollte.

Der Rettungswagen wurde zugesperrt, die Sanitäter stiegen ein und fuhren wieder ab. Das andere Auto der Detektive setzte sich sofort auf ihre Spur und forderte eine weitere Überwachungscrew an, die sich ihnen schon bald anschloss.

Die Fahrt endete weit vor den Toren Leipzigs. Das Gebäude war ein Wohn- und Geschäftshaus mit einer weitläufigen Tiefgarage. Von der Straße aus führte der linke Eingang zu den Büros einer Steuerberaterkanzlei, der rechte in die 5 Wohnetagen. In der Mitte befand sich ein griechisches Restaurant.

Gegenüber des Gebäudes bildeten rechts und links 2 liebevoll sanierte Jahrhundertwende-Häuser den Beginn einer kleinen, verkehrsberuhigten Ladenstraße.

Die Tiefgarage verschluckte den Rettungswagen und die Detektive hatten Mühe den finalen Abstellplatz zu erreichen. Die beiden Sanitäter verließen das Fahrzeug und verschwanden im Treppenhaus. Die Detektive parkten in guter Beobachtungsnähe und verhielten sich ruhig. Getönten Scheiben an ihrem Auto gestatteten eine gut getarnte Observierung.

Der Nachmittag verging und nichts bewegte sich. Der Rettungswagen stand weiterhin verschlossen und unberührt in einer großen Parkbucht in unmittelbarer Nähe der Liftanlage.

Ein normales Parkhausgeschehen lief vor Augen der Detektive ab, Fahrzeuge parkten ein, verließen die Tiefgarage wieder, Insassen stiegen aus, entluden Kofferräume und benutzten den Lift.

Erst kurz vor Mitternacht, als weitestgehend Ruhe eingekehrt war, öffnete sich langsam und bedächtig der rechte Ausstieg des Rettungswagens. Eine vermummte Person stieg langsam und vorsichtig aus und ging hinkend zur Liftanlage, stieg ein und fuhr in die 5. Etage, verließ den Lift nicht, sondern fuhr wieder ein Stockwerk tiefer in das 4. Geschoss und verschwand in Appartement 57.

Die Detektive hatten das Ablenkungsmanöver voll erahnt und Konrad Bergmann weiterhin im Visier. Seine Flucht war missglückt. Nun war wichtig, ihn im Glauben zu lassen, er wäre den Ermittlern entwischt und konnte sich in Sicherheit wähnen.

Alle weiteren Observierungen müssten nunmehr vorsichtig, gedeckt und sicher erfolgen. Der Bericht erreichte Henner Hellweg noch bevor sein Wecker klingelte.

******

Lena nutzte die Abwesenheit ihres Freundes Henner Hellweg alle liegengebliebenen Dinge nachzuarbeiten. Hierzu zählte auch die Verbindung zu ihrer Freundin Franziska, die schon seit längerem nichts mehr von sich hat hören lassen. Sie hatten sich ein, zwei Mal zum Kaffeetrinken verabredet und nun sollte ein gemeinsames Kochen die Verbindungsseile wieder etwas fester verknüpfen.

Lena fand es nervig auf Franziskas ständige Nachfragen nur mit Ausreden und Ausflüchten zu antworten. Jetzt erzählte sie ihr den kompletten Verlauf der gesamten Sachverhalte, und bat Franziska um absolute Diskretion.

Henner Hellweg wies Lena telefonisch an, ins Büro seines Freundes Pinne zu gehen, um dort über die geschützte Telefonleitung des Polizeipräsidiums den neusten Stand der Ermittlungen zu erfahren. Er wollte mit dieser Maßnahme ausschließen, dass eventuelle Abhörspezialisten mithören könnten und das fragile Kartenhaus zum Einstürzen bringen.

Pinne freute sich, Lena endlich kennen zu lernen. „Henner Hellweg ist wieder voll drin. Er tanzt aber auf sehr dünnem Eis. Gerade eben habe ich die genaue Vorgehensweise von ihm erfahren und soll sie umfänglich aufklären und dann rufen wir ihn zurück. Er sitzt in einem Schnellrestaurant in Leipzig", erklärte Pinne einer ziemlich aufgeregten Lena Berting. Sie war alles andere als begeistert von Henners Plan und gab es ihm auch zu verstehen. Zuviel nicht eingeplante Unwegsamkeiten könnten ihn zum Scheitern bringen. „Dessen bin ich mir vollkommen bewusst Lena, doch sehe ich keine andere Lösung", erklärte Henner. „Bitte mach dir keine Sorgen, am Wochenende starten wir", schob er nach. „So ist er, unser alter Freund Henner Hellweg. Wenn er sich etwas in den Kopf gesetzt hat, rast er durch, komme, was wolle. Aber ich bin mit im Boot und habe noch weitere Sicherungen eingebaut", beruhigte Pinne die erregte Lena und erklärte ihr noch fehlende Einzelheiten.

Staatsanwalt Gregor Fellner hatte das Aktenstudium beendet und gab der inzwischen vollständig eingeweihten Ermittlungsgruppe die entsprechenden Vollmachten. Ihr Leiter, Erster Hauptkommissar Simon Paschke war ein lockerer Typ, der die Führung der Gruppe ebenso entspannt vorlebte. Es gab zwar eine feste Struktur, doch ließ er jedem seiner Mitarbeiter, ob männlich oder weiblich ausreichend eigenen Spielraum, um die persönliche Motivation nicht unnötig anzuketten. Dieser nicht in Formalien gezwängte Führungsstil wurde von Gruppe außerordentlich geschätzt.

Hauptkommissar Paschke hatte wenig Verständnis dafür, dass man ihm dienstliche Unterstützung von außerhalb zuordnen wollte. Kollege Lipinski hatte Kenntnis von vielerlei strafrechtliche Sachverhalte, die in das Verfahren einfließen sollten. So nahm Pasche es zähneknirschend hin.

„Freu mich sehr, dich zu sehen, und begrüße dich. Wie gefällt es dir hier in Leipzig", sagte Henner Hellweg und umarmte seinen Freund Pinne. „Ich freu mich auch, und ein wenig bin ich auch besorgt", mahnte Pinne. „Besorgt, warum? Ich pass doch auf dich auf", beruhigte ihn Henner. „Ja, gerade das beunruhigt mich, dass du mich belagern wirst", gab Pinne zu. „Keine Angst, ich werde auf Abstand bleiben, aber auch vorangehen, wenn es nötig ist, weil ich euch um Längen voraus bin", legte Henner fest.

Pinne überhörte die letzten Worte absichtlich, um nicht schon jetzt in Diskussionen mit seinem Freund zu verfallen.

„Ich habe nachher eine Besprechung mit den Leipziger Kollegen. Dort wird die Marschrichtung festgelegt", gab Pinne zu verstehen. „Na, dann spitz mal gut die Ohren, und merk dir alles, wenn ich dich dann abfrage", flachste Henner Hellweg und lud seinen Freund zum Abendessen ins Schnellrestaurant ein. „Und anschließend geben wir uns noch einen Absacker bei mir zuhause", sagte er und verabschiedete sich.

******

Konrad Bergmann war froh allen eventuellen Verfolgern entkommen zu sein. Hier in dem kleinen Appartement, das seiner Bekannten gehörte, fühlte er sich sicher und gut aufgehoben. Die Freundin befand sich für mehrere Wochen im Ausland. Niemand in seiner unmittelbaren Umgebung hatte Kenntnis von der Wohnung. Konrad Bergmann traute keinem Menschen mehr. Keinen seiner Sicherheitskräfte hatte er eingeweiht, geschweige denn mitgenommen; für seine Angestellten war er für ein paar Tage zum Ausspannen ins Tessin gefahren. Die entsprechenden Adressen hatte er hinterlassen. In Lugano wurde sein Jaguar von einem Geschwindigkeitsblitzer registriert. Diese fingierte Fahrt und die Kliniksfährte sollten ausreichen, um Bergmann vorerst von der Leipziger Bildfläche verschwinden zu lassen.

Nur Henner Hellweg und sein Detektivstab waren nicht auf Bergmanns Tricks reingefallen. Die Ermittler hatten den richtigen Riecher und waren nunmehr mit ausreichend Manpower in und um das Gebäude herum postiert. Jede Bewegung wurde von den Ermittlern registriert, jede Person, die kam oder ging bildmäßig festgehalten. Nichts entging den Detektiven.

Henner Hellwegs Plan konnte nunmehr in die Tat umgesetzt werden. Noch zwei Tage bedurfte es einer guten und sorgfältigen Vorbereitung, dann konnten sie losschlagen.

Konrad Bergmann war froh, hier in dem Appartement seiner Freundin untergekommen zu sein. Alle Telefonate erledigte er über ein nicht registriertes Handy. Die jetzt noch erforderlichen Transaktionen und finanztechnischen Termine erledigte sein Büroleiter, der seinen Chef zum Entspannen im Tessin wähnte.

Die Clique um Bergmann war von einer seltsamen Panik ergriffen worden. Alle Versuche ihn ausfindig zu machen, schlugen fehl. Die eigens aus Kroatien rekrutierten Verfolger konnten keinerlei Spur aufnehmen. Das letzte Lebenszeichen, das sie ausgemacht hatten, war ein Krankentransport zur Klinik, in der sich seine Spur jedoch in Luft aufgelöste hatte. Der Patient konnte noch nicht ermittelt werden.

In den Anwaltskanzleien von Kastner und Berger wurden aufgeregte Telefonate geführt.

Vertrauenswürdige Angestellte schredderten Unterlagen, in Banken und sonstigen Geldinstituten wurden Geldbeträge angewiesen, Kontoauflösungen vorgenommen und Hals über Kopf Aktienverkäufe getätigt. Eine allübergreifende Furcht vor Aufdeckung waberte durch einzelne Rathausbüros und Stadtverwaltungen. In den Vorzimmern von höheren Bediensteten in Landesregierungen und in ihnen nahestehenden Verbänden wurden Einträge in Terminkalendern geschwärzt oder ausradiert. Akten und Unterlagen wurden aus Tresoren und Safes entnommen, um in Schreddergrabmalen für immer zu verschwinden. Telefondrähte und Mobilfunkmasten glühten, denn wenn Bergmann auspacken würde, könnten eigene Autobiographien und Karieren plötzlich Knicke bekommen.

-Wir müssen ihn finden und kaltstellen, am besten für immer-

war die einhellige Meinung aller in den Machenschaften involvierten Mitverdiener. Man rätselte, warum die Kroaten noch immer nicht den Verbleib Bergmanns ermitteln konnten. Hatte er sie

241

vollkommen abgeschüttelt? Hatte man zu spät reagiert?

Henner Hellwegs Freund Pinne hatte bei der Leipziger Ermittlergruppe mächtig Eindruck hinterlassen. Man erkannte, dass er mit seinem allumfassenden Wissen für die Ergreifung von Raschkewitz/Bergmann unabdingbar sein würde.

Der Leiter des Sonderdezernats Hauptkommissar Paschke nahm ihn in sein Team auf. Die eigenen Fahndungen hatten nichts ergeben, Bergmann war verschwunden. Der angebliche Urlaub im Tessin war eine gut ausgeklügelte Finte. Sämtliche Durchsuchungen in Wohnhaus und Büros beim Beklagten hatten keinerlei Hinweise auf dessen Verbleib ergeben. Eine eigens eingerichtete Gruppe für Finanzkriminalität beschlagnahmte kartonweise Akten aus Bergmanns Arbeitsräumen. Diese zu analysieren und auszuwerten würde Wochen in Anspruch nehmen.

Pinne hatte wohlweislich den Ermittlern noch nicht Bergmanns Aufenthaltsort verraten und begab sich dadurch in eine heftige Zwickmühle. Auf der einen Seite wollte er Henner Hellwegs Plan nicht durch vorzeitiges Eingreifen der Polizeikräfte gefährden, andrerseits sollten die Beamten nicht ganz außen vorgelassen werden.

Der unmittelbar an das von Bergmann bewohnte Appartement angrenzende Putz- und Abstellraum bildete die passende Möglichkeit, um über die Belüftungsschächte an die Wohnräume nebenan zu gelangen. Die Detektive bedachten den Hausmeister mit ordentlich Knete, um diesen Raum nutzen zu dürfen. Er verfügte wie alle Appartements über einen kleinen Balkon, der nur durch eine Plexiglasscheibe von den Nachbarbalkons getrennt war.

Über die Lüftungsanlage führten die Experten der Detektei ein winziges Kamerasystem ein und konnten so den großen Wohnbereich größtenteils visuell ausforschen, aber abzuhören war er vollständig. Sie hatten Bergmann auf dem Schirm und im Ohr.

Henner Hellweg informierte seinen Freund Pinne über jeden Schritt, dem sie Bergmann näherkamen. Der wiederum warnte Henner inständig ihm endlich grünes Licht für die Weitergabe aller Informationen an die Leipziger Ermittlergruppe zu geben. Diese fahndeten bisher erfolglos nach dem Immobilienmakler.

„Noch einen Tag, ich bitte dich noch einen Tag zu warten", bat Hellweg inständig und erklärte Pinne nochmals sein Vorhaben.

Das kroatische Killerkommando, das von Bergmanns ehemaligen Verbündeten rekrutiert wurde, um diesen auszuschalten, hatte mittlerweile die Einlieferung des Patienten in die Akutklinik nachvollziehen können. Der Passagier wurde gefunden, doch erst als das Projektil den schallgedämpften Lauf der Pistole verlassen hatte, stellten man fest, dass der Getötete mit dem Immobilienmakler Bergmann keinerlei Ähnlichkeit hatte.

So setzten sie sich weiterhin mit Nachdruck auf Bergmanns Fährte. Das Vorhandensein dieses Kommandos war auch Henner Hellwegs Detektiven nicht entgangen. Sie hatten ihn unmittelbar nach deren Auftauchen davon in Kenntnis gesetzt.

Die Nachricht eines tödlichen Anschlags in einer Leipziger Akutklinik füllte die ersten Seiten der Tagespresse und brachte Bergmanns ehemalige Komplizen fast an den Rand des Wahnsinns. Sie forderte die kroatischen Häscher auf, die Suche nach Bergmann zu forcieren und alle im Weg stehenden Barrieren niederzureißen.

Henner Hellweg spürte die innere Unrast, die ihn zur Eile aufforderte. Morgen Vormittag sollte sein Plan in die Realität umgesetzt werden. Alle hierfür notwendigen Maßnahmen waren eingeleitet worden.

Pinne Lepinski sollte erst drei Stunden vor dem Startschuss die Polizeikräfte von den Einzelheiten in Kenntnis setzen.

In einem langen Telefonat am Abend machten sich Henner Hellweg und Lena noch einmal gegenseitig Mut für das Gelingen ihres morgigen Vorhabens.

******

Der Minibus fuhr am Sonntagvormittag in die Tiefgarage und parkte unweit der Liftanlage. Bevor die Personen das Fahrzeug verließen, führte Henner Hellweg noch ein kurzes Telefonat worauf sich nach ein paar Minuten die Treppenhaustür öffnete und ein mit Arbeitskittel bekleideter Mittvierziger Henner einen Schlüsselbund übergab, einen Briefumschlag entgegennahm und wieder im Treppenhaus verschwand. Danach verließen die Personen das Fahrzeug und betraten den geräumigen Lift.

Der Leiter des mobilen Einsatzkommandos, der seine Kräfte in einer leestehenden Wohnung in der 1. Etage und in dem Putzraum im 4. Stock in Stellung gebracht hatte, gab seinen Beamten das standby-Zeichen für den ersten Einsatzabschnitt - Die Besucher sind eingetroffen-.

Bei Henners Freund Pinne stellte sich erhöhter Puls ein, als er die verabredete Mitteilung über Funk hörte und daraufhin den getarnten Kleinwagen in die Tiefgarage steuerte, wo nunmehr auch die Leipziger Ermittler sich über das Treppenhaus langsam nach ober vorstießen.

246

Währenddessen legte sich auf dem gegenüberliegendem Jahrhundertwendehaus ein kroatischer Scharfschütze in Position und kontrollierte sorgfältig sein Ziel. Die große, bodentiefe Fensterfront des Appartementhauses bot ihm ein ausgezeichnetes Schussfeld, um sein Ziel oberhalb der hüfthohen Balkonbrüstung auszuschalten. Nun brauchte er nur noch zu warten, bis sich sein Opfer nah genug dem Balkon näherte.

Henner Hellweg schloss das Appartement auf und sah einen verdutzten Bergmann am Tisch sitzen. Lena schob Hans-Jörg-Schmidt im Rollstuhl sitzend in den Wohnraum, worauf Lukas und Alexander von Raschkewitz hinterher folgten.

Eine nicht zu beschreibende Stille verschlang jeden Ton in dem Raum. Ein wie vom Blitz getroffener Friedrich von Raschkewitz, alias Konrad Bergmann starrte mit großen Augen in die Runde. Alexander, Hans-Jörg und Lena trauten ihren Augen nicht. Vor ihnen saß ein Mann, dessen Gesicht nicht zu dem Menschen passte, der ihr Vater sein sollte und sie eine sehr lange Zeit ihres Lebens begleitete. Der sie vielleicht liebte, den sie oft hassten ob seiner Art, wie er die Mitmenschen behandelte. Jetzt saß er vor ihnen, vielleicht gewillt sich

247

anzuhören, wessen sie ihn anzuklagen gekommen waren.

Niemand sprach nur ein Wort.

Henner Hellweg lehnte an der äußerst entfernten Wand, die Arme über die Brust verschränkt, dachte nach…dachte nach, ob es der richtige Plan gewesen war, diesen Menschen im Angesicht seiner Kinder zu entlarven, ihn des Mordes zu beschuldigen.

„Ihr habt nun den Entschluss gefasst, Euren Vater hinter Gitter zu bringen", begann Friedrich von Raschkewitz provokant mit ungewohnt leiser Stimme, doch bevor er weiterreden konnte, fragte ihn Alexander laut und bestimmend: „Warum, warum Vater, warum das alles. Nur des verdammten Geldes wegen? Mussten deshalb zwei Menschen in deinem Auto sterben?"

Von Raschkewitz sah in den Gesichtern aller Anwesenden eine feste Entschlossenheit und erkannte seine ausweglose Situation.

„Nein sicher nicht des Geldes wegen. Hans-Jörg, dein Vater hatte mich von dieser Feier abgeholt.

Er saß am Steuer. Es regnete in Strömen, und unterwegs sahen wir diesen Landstreicher. Wir haben ihn mitgenommen und plötzlich fing dein Vater an zu streiten. Er wüsste einiges über mich, das zu veröffentlichen könnte mein Geschäft ruinieren. Er wollte mich erpressen. Und ehe wir uns versahen, kam das Auto von der Straße ab, stürzte die Böschung herunter und überschlug sich mehrmals und ging in Flammen auf. Ich zog deinen Vater aus dem Auto, löschte seine brennenden Sachen und zerrte anschließend wie fremdgesteuert den Landstreicher auf den Beifahrersitz. Dann entfernte ich mich...ich weiß, das hätte ich nicht tun sollen. Ich hörte etwas später nur noch diese Explosion. Ein Bauer fand mich früh am Morgen, gerade noch rechtzeitig, sonst wäre ich wohl verblutet. Ich konnte den Anwalt Berger anrufen. Der plante dann alles Weitere. Den Rest erspare ich mir..."versuchte von Raschkewitz sich zu rechtfertigen.

„Was war mit Mutter?", wollte Lukas wissen, und schrie: "Du warst in der Nacht, bevor sie starb bei ihr, heimlich, warum, sag uns endlich die Wahrheit, was wolltest du von ihr".

Friedrich von Raschkewitz atmete tief und schwer, erhob langsam sich aus dem Sessel und ging zum Schreibtisch.

Das leise Sirren war nur schwach zu hören, als das Geschoß seitlich in seinen Oberkörper eindrang und ihn nach vornüber warf. Alexander sprang sofort auf und versuchte ihn zu stützen. Henner Hellweg rief das verabredete Codewort, das die Eingreiftruppe umgehend alarmierte. Die Beamten stürmten das Zimmer, einer rief die bereitstehenden Rettungssanitäter.

Man sah nur kurz auf dem gegenüberliegenden Dach eine dunkel gekleidete Person aufrecht stehen, um dann wieder in Deckung zu gehen. Der Einsatzleiter befahl sofort eine dahingehende Fahndung.

Friedrich von Raschkewitz lag in seinem eigenen Blut. Die Sanitäter bearbeiteten seine Schusswunde während Lukas, Alexander und Hans-Jörg wie versteinert zuschauten. Henner Hellweg hatte Lena in den Arm genommen und fest an sich gedrückt.

Während oben in dem Appartement die Kriminaltechniker ihre Arbeit verrichteten, sahen die Söhne in der Tiefgarage wie ihr Vater im Krankenwagen davongefahren wurde. Er durchquerte die lange Parkhausebene, passierte die breite Schrankenanlage und bog rechts ab.

Am Abend erhielten sie die Nachricht, dass Friedrich von Raschkewitz seinen Verletzungen erlegen sei. Vom Todesschützen fehlte noch jede Spur. Eine ausgiebige, überregionale Fahndung sei bereits angelaufen.

In dem Appartement stellten die Ermittler umfangreiches Material sicher. Von Raschkewitz/Bergmann hatte in mehreren Listen seine Helfershelfer und Mitwisser von damals und heute penibel aufgeführt.

In den folgenden Tagen ergingen Haftbefehle, die dazu führten, dass manch warm pochende Schläfe plötzlich eine eiskalte Pistolenmündung zu fühlen bekam und weiße, aufwendig bebilderte Zimmerwände hinter opulenten Schreibtischen von blutbehafteten Ornamenten verziert wurden.

Alexander und Lukas von Raschkewitz, sowie Hans-Jörg Schmidt bekamen nach ca. 2 Monaten Post von einer Schweizer Bank. Es seien auf ihre Namen jeweils Schließfachschlüssel hinterlegt worden, die zur Übergabe bereit lägen.

Der erschossene Immobilienmakler Konrad Bergmann hatte sie in seinem Testament zu gleichen Teilen als Erben eingesetzt. Die Drei nahmen das Testament an und spendeten die gesamten Beträge für unterschiedliche karitative Einrichtungen.

Lena Berting und Henner Hellweg waren froh, wieder zuhause zu sein und auch Hündin Betti freute sich über die Rückkehr ihres Herrchens.

Der Antiquitätenhändler war erstaunt, dass dieser damals so heiß begehrte Spiegel ihm wieder zum Kauf angeboten wurde.

Spieglein, Spieglein an der Wand

nie wieder spüren sollst du meine Hand.

Ende

Herstellung und Verlag: BoD - Books on Demand, Norderstedt
Biografische Information der Deutschen Nationalbibliothek

Die Deutsche Nationalbibliothek verzeichnet diese Publika-
tion in der Deutschen Nationalbiografie; detaillierte bibliogra-
fische Daten sind im Internet über http://dnb.de abrufbar

ISBN Nr. : 9783753482255

© 2023, Günter George

FSC
www.fsc.org
MIX
Papier aus ver-
antwortungsvollen
Quellen
Paper from
responsible sources
FSC® C105338